Geest - Verlag

In Liebe für meine Frau Lydia,
der Mutter von Moritz, aufgeschrieben für seine
Geschwister und seine beiden Söhne

Dieter Class

Moritz

Mit Flügeln dem Leid entfliehen

Mein Dank geht an alle Sponsoren, die die Veröffentlichung dieses Buches ermöglichten, und an meine Kinder, die mir bei dessen Erstellung zur Seite standen.

Class, Dieter
Moritz – Mit Flügeln dem Leid entfliehen
Umschlaggestaltung von
Margarete Class

Verlag: Geest-Verlag, Lange Straße 41 a,
49377 Vechta-Langförden
Druck: Geest-Verlag

6. Auflage, Dezember 2010

ISBN 978-3-86685-183-2
Printed in Germany
www.Geest-Verlag.de
Tel.: 04447/856580
Email: Geest-Verlag@t-online.de

Ein außergewöhnliches Schicksal und eine außergewöhnliche Darstellung

Dieter Class hat ein außergewöhnliches Buch geschrieben. Es ist das Dokument einer Elternliebe, die sich auch in einer Extremsituation bewährt und durchhält. Wer es liest, empfindet nicht nur Mitleid, er leidet mit der Familie.

Der Sohn Moritz Class war Kraftfahrzeugmechaniker. Er war Sportler und ein lebhafter und geselliger Mensch im Kreis von Kameraden.

Er liebte seinen Beruf und schnelle Motorräder. Noch mehr liebte er seine junge Frau. Ihr zuliebe hat er vor der Heirat das Motorrad verkauft.

Dennoch wurde ihm das Motorrad zum Schicksal. Auf der Maschine eines Freundes verunglückte er mit 27 Jahren auf einer Ausfahrt in den Schwarzwald. Er hatte schwere Hirnverletzungen, die nur deshalb nicht zum Tod führten, weil er mit dem Hubschrauber in die Karlsruher Klinik gebracht und dort durch herausragende ärztliche Behandlung und Pflege als fast Toter ins Leben zurückgeholt wurde. Aber was für ein Leben: Viele Jahre im Wachkoma.

Mit dem Leiden des Sohnes und Ehemannes begann das Leiden der Eltern und seiner Frau, die einen Sohn mit eineinhalb Jahren hatte und ein Vierteljahr nach dem Unfall einen zweiten Sohn zur Welt brachte.

Bis zur Selbstaufopferung pflegten Mutter und Vater den Sohn zu Hause, weil sie keinen geeigneten Heimplatz fanden.

Als es zu Hause nicht mehr ging, weil alle erschöpft waren, fanden sie in Liebenau einen Platz für den Sohn. Der Vater singt ein hohes Lied auf diese große Einrichtung der Nächstenliebe in Oberschwaben. Er spricht vom ‚guten Geist der Liebenau'. Sein Sohn wurde dort nicht nur aufgenommen, sondern angenommen. Die Menschenwürde, auf die ein Mensch auch in einer extremen Notlage Anspruch hat, wurde ihm zuteil. Im Geist christlicher Nächstenliebe wurde er gepflegt und betreut bis zu seinem Tod.

Es ist außergewöhnlich, dass ein Vater dieses außergewöhnliche Schicksal seines Sohnes und der Familie schildert. Er setzt damit seinem Sohn und allen, die ihm in Liebe nahe waren, ein Denkmal.

Erwin Teufel
Ministerpräsident a. D.

Ein Dokument der Liebe

Die Geschichte über den Krankheitsverlauf des schwer verunglückten Moritz ist sehr bewegend. Jede Zeile des Buches fesselt und gibt einen Einblick in das Seelenleben von Moritz und seiner Familie, von den Freunden und von denen, die ihn pflegten. Das Buch erzählt von tiefer Traurigkeit, von Ohnmacht, Hilflosigkeit und Verzweiflung. Das Buch macht aber auch Mut und gibt Zuversicht. Und das aus einer Situation heraus, aus der man Glück und schöne Momente gar nicht vermutet und erwartet. Das Buch ist – trotz aller unendlich schmerzlichen Erfahrung – ein Dokument von unbeschreiblicher Liebe zwischen Eltern und ihrem Kind.

Bis an die Grenze der Belastbarkeit – und oft darüber hinaus – war hier die Familie gefordert. Gerade in den ersten Jahren war es ein großes Martyrium für die Eltern, für die Familie, bis man endlich geeignete Unterstützung und Hilfe in dieser Extremsituation erhalten hat, da Moritz mit seiner schwersten Hirnverletzung durch alle damals vorhandenen Auffangnetze fiel. Keine Institution war für Moritz ‚so richtig zuständig'. Eine Odyssee nahm ihren schlimmen Lauf.

Gerade die Geschichte von Moritz zeigt, dass auch schwerstbehindertes Leben ein intensives Leben sein kann. Das Leben und Leiden von Moritz zeigen, dass man durch das tiefste Tal der Traurigkeit hindurchkommen kann. Auch bei diesem schrecklichen Schicksalsschlag gibt es Genugtuung, manche offene und stille Freude und auch Glücksmomente. Man muss dies nur begreifen können. Je tiefer das Dunkel war, desto heller strahlen die Momente der Fröhlichkeit von Moritz. Man kann es schwerlich ermessen, wie zutiefst befriedigend diese Augenblicke für die Angehörigen und auch die Pfleger waren.

Moritz hat seinen Frieden gefunden. Die letzten friedvollen Jahre empfanden viele als Geschenk. Nicht nur die Familie, sondern auch viele Pfleger, die mit Moritz direkt zu tun hatten. Die Liebe der Eltern und die Aufopferung für sein Wohlergehen machen den Leser sprachlos. Man kann das Leid ermessen, durch das die Familie schreiten musste. Aber es sind auch die vielen – in dieser schlimmen Situation nicht erwarteten – schönen Momente, die einen umso mehr ergreifen. Und genau das sind die magischen Momente in diesem wunderschönen und beeindruckenden Buch, das trotz aller Traurigkeit einem selbst viel an Zuversicht und Optimismus gibt.

Für Moritz und seine Familie war ein anderer Weg vorbestimmt, als geplant. Die Menschlichkeit, die Opferbereitschaft und das Gottvertrauen bewegen einen zutiefst. Beim Lesen ist man oft sprachlos, gerührt, wütend und erschüttert. Und trotzdem bleibt die Erkenntnis, dass die Liebe von Eltern unzerstörbar ist. Daher bleibt kein schlechtes Gefühl zurück, sondern ein Gefühl von tief empfundenem Glück.

Guido Wolf MdL
Landrat

Ein Buch, das Mut macht

Ein Vor- oder Grußwort zu einem Buch zu schreiben, ist für einen Heimleiter der Behindertenhilfe etwas nicht Alltägliches. Als mich Dieter Class im Vorfeld der Veröffentlichung seiner Schrift darum gebeten hat, habe ich dennoch spontan zugesagt, auch aus einer, wenn man so will, freundschaftlichen Loyalität zum Autor heraus, einem Impuls, den Dieter Class in den vergangenen 13 Jahren immer auch uns und unserer Einrichtung in außergewöhnlicher Weise entgegengebracht hat. Gerne nutze ich deshalb die Gelegenheit, dafür und für die vielen konstruktiven Beiträge, die Dieter Class als Vorsitzender des Beirats am Heim der St. Lukas-Klinik, als Begleiter unserer Arbeit und nicht zuletzt als Vater und Betreuer eingebracht hat, zu danken.

Dieter Class hat in dem vorliegenden Buch seine ganz persönlichen Erfahrungen nach etwa 20 prägenden Jahren niedergeschrieben, sicherlich auch ein aktiver Verarbeitungsprozess mit hoher Subjektivität. Die Niederschrift innerhalb eines Jahres nach dem Tod seines Sohnes Moritz, die zielstrebige Fertigstellung zeugen von der großen Energie, die Dieter Class noch immer auszeichnet. Einer Energie und Kraft, die auch seinem Sohn Moritz immer zu eigen war und seine Betreuung in unserem sozialtherapeutischen Heim geprägt hat.

Als Moritz im Jahr 1995, kurz nach der Gründung einer Wohngruppe für schädelhirnverletzte Menschen mit körperlichen, kognitiven und emotionalen Beeinträchtigungen, zu uns kam, stellte er zuallererst eine ungeheure

Herausforderung für uns Betreuende dar. Moritz war nicht etwa passivteilnahmslos, sozusagen schicksalsergeben, sondern zeigte von Anfang an alle Facetten menschlicher Persönlichkeit. Tiefste Verzweiflung, aber auch expansives Sich-Aufbäumen gegen seine Situation, das Einfordern von Kontakt und Begegnung und nicht zuletzt eine charmante, lebenskluge und humorvoll-zugewandte Seite; all dies waren Teile von Moritz. Die Betreuenden, überwiegend aus dem Bereich der Behindertenhilfe kommend, waren in der Anfangszeit angespannt, fühlten sich herausgefordert, waren aber auch fasziniert von Moritz' starker Persönlichkeit. Rasch entstanden jedoch aus der Anspannung und dem Ehrgeiz, ‚Moritz' Probleme' zu bewältigen, enge Beziehungen – belastbare, stabile und persönliche.

Wir alle, die wir mit Moritz Class Kontakt hatten, in der direkten Betreuung im Alltag oder unterstützend als Arzt, Psychologe oder Heimleiter, haben in dieser Zeit von Moritz und durch Moritz gelernt. Vieles, was die Haltung gegenüber dem Personenkreis schädelhirnverletzter Menschen in unserem Heim in der Folgezeit geprägt hat und noch immer prägt, hatte seinen Ursprung in diesem Lernen von Moritz Class.

Wir wünschen uns, dass das vorliegende Buch, auf das auch wir sehr gespannt sind, einen Beitrag leisten wird zu mehr Mut zur Individualität, Empathie und Kreativität in der Betreuung von Menschen mit schweren Hirnschädigungen.

Werner Klinger

Stiftung Liebenau, Leiter des sozialtherapeutischen Heimes der St. Lukas-Klinik GmbH

Vorwort

Als Titel dieses Buches war ursprünglich ‚Moritz, der Fall eines Falles' gedacht; als Wortspiel Unfall – Fall in ein derzeit nicht beherrschbares Krankheitsbild – Fall in ein abgründiges Versorgungsloch. Deshalb erscheint im Buch des Öfteren das Wort Fall.

Der erste Teil des Buches schildert die beinahe unfassbaren Vorgänge, die zu einer entsetzlich depressiven Situation sowohl des Patienten Moritz als auch seiner Familie führten. Die Ereignisse dieses ‚Falls' auszuhalten, forderte alle. Somit wäre der geplante Titel informativ und gerechtfertigt, aber sehr hart und juristisch.

Die Einblicke und Erkenntnisse, welche sich bei der Fürsorge für den Schwerstbehinderten ergaben, führten auch zur Dankbarkeit, selbst nicht behindert zu sein und spornten an, alle erdenklichen Kräfte zur Überwindung der Situation zu mobilisieren.

Dieses positive Geschehen möchte der jetzt gewählte Titel des Buches in den Vordergrund stellen. Der Titel ‚Moritz, mit Flügeln dem Leid entfliehen' will trotz aller Tragik Optimismus vermitteln.

Dieter Class

Prolog

Der Rochefort-Grat ist eine elegant geschwungene Verbindung zwischen den Berggipfeln des Dent du Géant (Zahn des Riesen, 4.013 Meter) und der Aiguille de Rochefort (4.001 Meter). Der ambitionierte Bergsteiger genießt von hier den Ausblick zu den wilden Südwänden des Mont Blanc, zur formschönen Aiguille Verte, zu dem großartigen Felszirkus der Nadeln von Chamonix; in der Ferne erblickt er das Massiv vom Gran Paradiso und das Viertausendermeer des Wallis.

Rochefort-Grat

Im Norden gleitet der Blick über 2.000 Meter in die Tiefe zum weiten Gletscherstrom des Mer de Glace und auf der italienischen Seite schaut er auf wild zerrissene Felsburgen hinab. In stetigem Bergauf – Bergab und in luftiger Höhe bewegt er sich zwischen Himmel und Erde. Das anspruchsvolle Gelände – steile Eisflanken, weit hinausragende Wechten und nicht immer fester, zum Teil mit Eis überzogener Fels – verlangen vom Alpinisten sowohl die Beherrschung aller alpinen Disziplinen als auch eine ausreichende Kondition und Höhenverträglichkeit. Ein vertrauensvolles Miteinander der Seilpartner lässt eine tiefe Verbindung entstehen.

Dieses Ambiente der nächsten Generation zu vermitteln, belohnt den Erfahrenen und lässt innige Kameradschaft entstehen.

Im August 1978 versuchte ich das erste Mal diese grandiose Tour mit den geübten Kletterern Gerd, Christian und Moritz. Leider vereitelte ein orkanartiger Sturm eine verantwortungsbewusste Vollendung der Tour und zwang uns auf etwa halbem Weg zur Umkehr. Bei der Rückkehr zur Turiner Hütte zeichneten sich für die kommenden Tage wolkenloses Wetter und gute Verhältnisse ab. Gerd wollte ins Tal. Wir drei anderen waren nun gut akklimatisiert und brachen am anderen Morgen in aller Frühe auf zur Längsüberschreitung des Mont-Blanc-Massivs (Mont Blanc du Tacul 4.248 Meter, Mont Maudit 4.465 Meter, Mont Blanc 4.810 Meter). Sehr schnell hatten wir den ersten Gipfel überschritten. Beim nächsten Anstieg erlebten wir urplötzlich ein unheimliches, mir nach 30 Jahren Bergerfahrung vollkommen unbekanntes Schauspiel: Örtlich begrenzter Wind wirbelte Schnee in einem Durchmesser von circa 10 Metern fast 50 Meter in die Höhe – und das bei makellosem Sonnenschein und absoluter Windstille! Vor diesem mir unbekannten Phänomen hatte ich nicht nur Respekt, sondern es erfasste mich Unruhe, ja Angst.

Umkehr am Mont Maudit

Ich veranlasste den sofortigen Abstieg ins Tal. Der kürzeste Weg dorthin führte zur Bergstation der Aiguille du Midi-Seilbahn. Weil Moritz unterwegs ein dringendes und etwas zeitraubendes Geschäft erledigen musste, verpassten wir um nur wenige Minuten die letzte Bahn. In Bergstollen, die beim Bau der Bahn errichtet worden waren, konnten wir biwakieren. In der Nacht brach ein außergewöhnlich starkes Unwetter los und dauerte lange an. Wir waren Gefangene an einem sicheren Platz. Wehe, wenn wir die Tour nicht abgebrochen und uns die Naturgewalten im Gipfelbereich des höchsten Berges der Alpen getroffen hätten. Sie hätten uns wohl den Garaus bereitet. Jahre später habe ich erfahren, dass es sich um einen – in unseren Breiten sehr seltenen – Tornado gehandelt hatte, der in dieser Höhenlage ganz besonders heftig war. An diesen beiden Tagen hatten meine jungen Begleiter jedenfalls erfahren, wie wichtig es in den Bergen ist, die Natur zu respektieren.

Am 29. August 1987 bin ich mit Markus wieder zum Rochefort-Grat hochgestiegen. Das Wetter und die Prognosen waren exzellent, unsere Verfassung und Akklimatisation bestens. Auf halber Strecke – es war etwa 10.00 Uhr – hatte ich plötzlich das unbändige Bedürfnis, abzusteigen und heimzukehren. Ich hatte überhaupt keine Erklärung dafür, Markus konnte das auch nicht verstehen, folgte mir jedoch. Als wir in spätester Nacht zu Hause ankamen, habe ich erfahren, dass Moritz genau zum Zeitpunkt unserer Umkehr einen Motorradunfall erlitten hatte. Niemand konnte zu diesem Zeitpunkt die Tragweite dieser Stunde ermessen.

Im August 1991 kam ich mit Jörg das dritte Mal zum Rochefort-Grat. Es gelang uns die gesamte Überschreitung. Es war im wahrsten Sinne des Wortes eine himmlische Tour. Wir hatten geplant, im weiteren Verlauf von der Aiguille du Rochefort bis zum Col des Grandes Jorasses abzuseilen, dort zu biwakieren, anderntags die Grandes Jorasses zu besteigen und auf deren Normalroute ins Val Ferret abzusteigen. Vom Gipfel der Aiguille de Rochefort konnten wir diese Abstiegsroute gut einsehen und die Eisverhältnisse beurteilen. Unsere einhellige Meinung war, dass der Hängegletscher mit objektiven Gefahren trächtig ist. Wir sind deshalb zurückgekehrt und haben uns anderen Touren zugewandt.

Einige Tage später wollte ein italienischer Bergführer mit einigen Kunden diesen Berg besteigen. Beim Aufstieg löste sich im Gipfelbereich eine Eislawine, erfasste die gesamte Seilschaft und keiner überlebte.

Hatte ich bei meiner dreimaligen Bekanntschaft mit dem Rochefort-Grat nun Glück, Instinkt oder durfte ich jeweils eine ganz besondere Führung erfahren?

Grandes Jorrasses
Dôme de Rochefort
Aig. de Rochfort
Dent du Géaut
Nadeln von Chamonix
Mt. Blanc du Tacul
Aig. du Midi
Mont Maudit
Mont Blanc
Dôme du Gouter
Aig du Gouter

Wer war MORITZ?

Moritz wurde als unser ältester Sohn am 2. September 1960 in Spaichingen geboren, erhielt seinen Namen nach dem heiligen Mauritius, dem römischen Hauptmann der thebaischen Legion, welcher bei St. Maurice (Wallis) hingerichtet wurde. Moritz wuchs in Spaichingen mit drei Schwestern und einem jüngeren Bruder auf, besuchte dort die Schulen, absolvierte eine Lehre als Kfz-Mechaniker und heiratete Karin am 11. November 1983 standesamtlich und am 24. Juli 1984 kirchlich. Am 9. November 1985 kam sein Sohn Michael zur Welt und zwei Jahre später, am 25. November, folgte Florian.

Während seiner Kindheit und Jugendzeit war Moritz äußerst aufgeweckt, von Tatkraft und Forscherdrang beseelt, lotete überall die Grenzen aus. Ich als sein Vater hatte ihn anfänglich zum Bergsteigen und Skifahren geführt. Spielerisch baute er in diesen Bereichen seine Talente immer mehr aus. Er fand dann beim Drachenfliegen und Motorradfahren seinen besonderen Spaß, wobei ihm so manches Außergewöhnliche gelungen ist. Seine Unternehmungen mit seiner 1000er BMW erfüllten mich oft mit Sorge und ich war froh, als er vor seiner Hochzeit das Motorrad verkaufte.

Michael mit Moritz

Nun war der Weg frei für ein biederes, bürgerliches Leben, für eine junge Familie mit beruflichen Chancen in der damalig guten wirtschaftlichen und sozialen Situation.

Aber dann kam der 29. August 1987, der als ein Tag mit hellem Sonnenschein begann und der doch Jahre der grausamsten Dunkelheit einläutete. Lassen wir Hans-Jürgen, den Freund von Moritz, berichten.

„Am Freitagnachmittag besuchte mich freudestrahlend mein Freund Moritz. Er fragte mich, ob ich Lust hätte, morgen (29. August 1987) eine Motorradtour mit ihm zu unternehmen. Ich war überrascht, weil mir bekannt war, dass er seine BMW vor einiger Zeit verkauft hatte. Doch

'Motzer' sagte mir euphorisch, er würde eine andere Maschine von einem Freund ausleihen können. Dies wäre auch eine BMW, aber ein anderer Typ. Er fragte auch Jürgen Martin, der allerdings keine Zeit hatte. Nach kurzem Überlegen fiel mir ein, dass ich in Sinzheim/Baden-Baden, wo ich einen Bauplatz gekauft hatte, noch etwas ausmessen wollte, und dies auch mit dem Motorrad erledigen könnte. Also gut, ein Ziel war gefunden, das Wetter sollte schön werden und wir verabredeten uns für Samstagmorgen 7.30 Uhr. Nach einem gemeinsamen Frühstück konnte es losgehen. Wir waren uns einig, dass ich vorneweg fahren sollte, weil ich den Weg besser kannte.

Auf der Schwarzwaldhochstraße angekommen, signalisierte mir Moritz, noch eine Zigarettenpause machen zu wollen. Wir hielten am Mummelsee an und wanderten Richtung Drachenfliegerstartplatz auf der Hornisgrinde. Nach ausgiebiger Pause verließen wir die Hochstraße bei Unterstmatt Richtung Bühlertal. Die Straße schlängelt sich in langgezogenen Kurven ins Rheintal. Dann kam diese gefährliche, aber nicht beschilderte Links-Rechtskehre, bei der man erst in der Linkskurve die Rechtskehre wahrnimmt. Ich kannte diese Stelle und wollte Moritz mit deutlichem Bremsen vorher warnen. Doch in dem Moment, als ich die scharfe Rechtskurve durchfuhr, hörte ich ein schreckliches Geräusch hinter mir. Als ich mich schnell umdrehte, sah ich noch, wie er stürzte. Ich lief geschockt zurück. Moritz lag mitten auf der Straße, atmete sehr schnell und war bewusstlos. Auch nach mehrmaligem Ansprechen reagierte er nicht.

Dann zog ich ihn vorsichtig an den Straßenrand. Ich weiß nicht mehr, wie lange es dauerte, bis ein junges Paar in einem Auto anhielt. Sie halfen mir, die Unfallstelle zu sichern. Erst danach fuhr der Mann los und holte Hilfe. Die Frau half mir, Moritz so gut es ging zu versorgen. Dann endlich kamen der Notarzt und die Polizei. Der Notarzt sagte nach einigen Untersuchungen und Tests zu meinem Entsetzen ‚akute Lebensgefahr', und benachrichtigte einen Rettungshubschrauber, der Moritz sofort nach Karlsruhe brachte. Ich blieb noch so lange, bis die Unfallstelle geräumt und das Motorrad abgeholt wurde. Am Ende stand eine sehr schwere Aufgabe vor mir, die ich nicht telefonisch bewältigen wollte: Ich musste Moritz' Familie über den Unfall benachrichtigen. Ich fuhr also mit meiner Maschine und einem grausamen Gefühl in mir nach Spaichingen zur Familie Class. Dies war einer meiner schwersten Wege.

Was war passiert? WARUM war er gestürzt? – Fragen, die ich mir immer wieder stellte. War er zu schnell? – Nein! – Wir fuhren sportlich, aber rasten nicht, speziell nicht an dieser Stelle, weil ich wusste, wie scharf und gefährlich diese Kurve ist. Ich konnte es mir nur so erklären, dass Moritz irgendwie abgelenkt war und mein Bremslicht nicht registriert hatte. Dann hatte er wohl die Gefahr zu spät erkannt, zu rasch in Panik gebremst und die Räder der für ihn ungewohnten Maschine blockierten. In dieser Situation war ein Sturz auch für einen guten Fahrer wie ihn nicht zu verhindern. Mit den Bremsspuren und anderen Anhaltspunkten am Unfallort ließ sich diese

Theorie unterstreichen. Moritz' großes Pech war zusätzlich, dass an dieser Stelle, an der er gegen die Böschung stürzte, ausgerechnet ein Felsstück herausragt. Ein bis zwei Meter seitlich davon wäre wahrscheinlich nicht viel passiert. Warum also musste dies alles ausgerechnet an dieser Stelle geschehen?

Ich fahre immer wieder, wenn wir Besuche in der alten Heimat machen, an dieser Stelle vorbei. Vor einigen Jahren machte ich dort eine weitere schreckliche Entdeckung: Ein kleines Kreuz steckte am Straßenrand in der Erde. Ich hielt an und musste feststellen, dass wieder ein Unfall passiert war, diesmal tödlich. Diese Kurve ist bis heute nicht als besonders gefährlich gekennzeichnet, obwohl ich bei den Behörden mehrmals darum gebeten habe."

Bei Moritz' Einlieferung auf die Intensivstation im Klinikum Karlsruhe wurden kleinere Schürfwunden und nicht bedeutsame Knochenbrüche festgestellt. Die Wirbelsäule hatte den Kopf gestaucht. Moritz war tief bewusstlos, anstelle seines Gehirns steuerten Apparate seinen Kreislauf und die Atmung. Die Ärzte hatten einen engen familiären Kontakt empfohlen. So besuchten wir, das heißt seine Familie, Freunde und Kollegen, ihn täglich. Wenn man mit ihm sprach, konnte man eine Bewegung in der Datenanzeige der Überwachungsinstrumente feststellen. Des Öfteren wurde in gedämpfter Lautstärke seine Lieblingsmusik abgespielt. Die Ernährung erfolgte über eine Magensonde. Nach circa sechs Wochen öffnete

Moritz die Augen, wobei gezielte Augenbewegungen nicht feststellbar waren. Der medizinische Befund für Moritz lautete: apallisches Durchgangssyndrom mit erhöhten Muskelreflexen. Der Fachliteratur können wir entnehmen, was das bedeutet:

Apallisches Syndrom, Wachkoma, Coma vigile, Krankheitsbild mit Funktionsausfall der Großhirnrinde bei erhaltener Funktion der lebenswichtigen Zentren des Gehirns.

Ursache: Das apallische Syndrom kann als Folge eines Herz-Kreislauf-Stillstands, eines Atemstillstands, einer schweren Kopfverletzung (Schädel-Hirn-Trauma), einer Gehirnentzündung (Enzephalitis), einer schweren Vergiftung oder eines Schlaganfalls auftreten.

Befund: Zwar ist der Betroffene wach und seine Augen sind geöffnet, jedoch geht sein Blick ins Leere und er kann weder emotionalen Kontakt aufnehmen noch Aufforderungen befolgen. Zwischendurch kommt es zu ungerichteten, langsamen Bewegungen von Armen und Beinen, die Muskelspannung ist erhöht. Automatische Bewegungen wie Saugen, Lecken der Lippen und Schmatzen sind möglich. Harn- und Stuhlabgang können nicht kontrolliert werden.

Behandlung: Soweit es möglich ist, wird die Grunderkrankung behandelt. Das apallische Syndrom erfordert eine intensive Versorgung des Erkrankten mit Nahrung über Magensonde, Anlage eines Blasenkatheters, Krankengymnastik und korrekter Lagerung zur Vermeidung von Muskelverkürzungen, Gelenkversteifungen und Druckgeschwüren (Dekubitus). Bei etwa 20 % der erkrankten Personen kehrt das Bewusstsein zurück, es bleiben jedoch Behinderungen bestehen. Dauert das apallische Syndrom länger als 3 Monate, erlangen nur noch etwa 10 % wieder das Bewusstsein, bleiben danach aber meist pflegebedürftig.

Da der Kranke seine Umwelt teilweise wahrnehmen kann, ist es sinnvoll, sich ihm aktiv zuzuwenden. Berühren, Streicheln und das Vorspielen bekannter Musik können evtl. das Aufwachen unterstützen. Die enorme psychische Belastung der Angehörigen kann durch Kontakt zu einer Selbsthilfegruppe erträglicher werden.
(aus: Geo-Themenlexikon)

Nach Ablauf von circa sieben Wochen war die aufwändige und teure Maschinerie in der neurochirurgischen Klinik nicht mehr erforderlich und daher die Verlegung in ein ‚normales' Krankenhaus angezeigt. Aber wohin sollten wir Moritz verlegen lassen? Das wusste in dem riesigen städtischen Klinikum Karlsruhe kein Mensch und das Kreiskrankenhaus in Spaichingen konnte ihn auch nicht aufnehmen. So begann der zweite Teil des Dramas.

WOHIN?

Aufgrund besonderer Verbindungen war das Kreiskrankenhaus in unserer Kreisstadt Tuttlingen zur Aufnahme von Moritz bereit, und so wurde er am 16. Oktober 1987 dorthin verlegt. Zunächst wurde er in der Intensivstation aufgenommen, kurze Zeit später verlegte man ihn in die Chirurgie, weil dort ein größeres Einzelzimmer frei war. Hier lag er nun mit unbestimmtem Blick zur Decke, wurde ver- und entsorgt. Die ausgestreckten Beine ließen immer deutlicher die Entwicklung zum Spitzfuß erkennen. Ein Fachmann aus dem Freundeskreis fertigte daher eine Peroneusschiene an, um der Verkrüppelung der Füße entgegenzuwirken, doch das Krankenhauspersonal legte die Vorrichtung immer wieder zur Seite. Auf unser Betreiben hin wurde dann eine sogenannte Krankengymnastik begonnen, die jedoch kaum miserabler hätte sein können, ergriff doch zum Beispiel eine junge Dame Moritz' Haupthaar mit der Bemerkung: „So, jetzt Moritzle, Rübe hoch!" Auch in Tuttlingen wurde alles darangesetzt, dass Moritz permanent Besuch von seinem Bekanntenkreis erhielt.

Sonst geschah nichts, wirklich gar nichts. Die Mediziner waren hilflos. Einer meiner Freunde – Professor der Neurochirurgie – besuchte Moritz einmal und drückte totale Hoffnungslosigkeit aus. Was ging im Innern von Moritz vor? Wir waren überzeugt, dass er alles wahrnehmen konnte, jeden Wortlaut, jede Hinwendung. Doch mit unbestimmtem Blick schaute er ständig nur zur Decke.

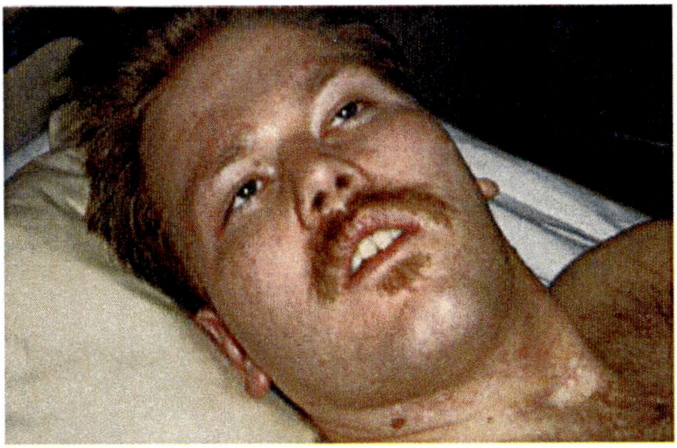

Im selben Krankenhaus wurde am 25. November 1987 sein zweiter Sohn geboren. Nicht lange nach der Geburt hat man Florian voller Hoffnung auf eine deutliche Reaktion seinem Vater auf die Brust gelegt. Doch leider war absolut keine Regung zu verzeichnen. Wir haben unsere immer größer werdende Verzweiflung, dieses zehrende Warten auf Unbekanntes vor Moritz stets verborgen, waren bei all unseren Besuchen bei ihm immer um eine optimistische Ausstrahlung bemüht. Jeder – seine junge Frau, seine Eltern, Geschwister, Freunde usw. – wollte die Hoffnung auf Gesundung nicht aufgeben, wenn auch jeder neue Tag nur mehr Leere brachte. Das ergebnislose Warten kostete jeden von uns zunehmend mehr Kraft. Und jeder war trotzdem ohne Einschränkung weiter an seinem Arbeitsplatz gefordert. Seine junge Frau musste allein für die beiden Buben sorgen. Vor allem aber blieb uns statt Antworten auf quälende Fragen nur die große Unbekannte: Was ging in Moritz vor? Wie konnte er in seinem Innern diese Leere verkraften? Was empfand er wie? War er von Trauer oder Wut erfüllt oder konnte er hoffen? Hatte er überhaupt Empfindungen? Niemand konnte uns etwas dazu sagen, wir alle konnten Tage, Wochen, Monate nur warten. Warten auf etwas, was doch niemand wusste. Dieses Warten verband uns alle miteinander und irgendwo waren wir froh, uns gemeinsam für Moritz einbringen zu können, auch wenn es nichts Konkretes war, und gleichzeitig hat es an den Nerven jedes Einzelnen immer mehr gezehrt.

Und dann, an einem Freitagabend im Februar 1988, als ich ihn besuchte, geschah etwas Neues, Überraschendes: Moritz hatte plötzlich seine Augen weit geöffnet und schrie. Er ließ unvermittelt einen sehr lauten Schrei, einen Urlaut, einen Urschrei aus sich heraus. Dies war seine erste Reaktion nach fast einem halben Jahr. Ich informierte umgehend das Krankenhauspersonal und rief meine Frau an.

Offensichtlich war dies der Moment, als Moritz aus dem Koma aufwachte. Anschließend habe ich die ganze Nacht an seinem Bett verbracht und versucht, ihm meine Verbundenheit zu vermitteln, ihn wissen zu lassen, dass er nicht allein ist, ich für ihn da bin. Von ihm erfolgten zunächst aber keine Reaktionen. Erst im Laufe der Zeit kam zaghaft wieder Leben in seine Mimik. Reden konnte er nicht. Seine Bewegungen waren sehr mühsam. Und dann verhärtete Spastik seine Muskulatur, vor allem die der Hände. Er wurde immer unruhiger, schließlich unwirsch. Einmal riss er sich in seinem Zorn die Magensonde heraus. Wir versuchten daraufhin, ihn oral mit kleinen Portionen Joghurt zu füttern. Ich denke, dass sich damals der Beginn seines psychischen Tiefgangs abzeichnete, vollends dadurch verdeutlicht, dass er immer wieder andeutete, man solle ihn töten. Die medizinische Pflege war korrekt – aber mehr auch nicht. Eine Behandlung der Krankheit im eigentlichen Sinne konnte nicht durchgeführt werden.

Später wurde festgestellt, dass Bereiche des Halses und der Hüfte gelähmt waren. Durch die Lähmung des Gaumensegels wurden essen und trinken sehr schwierig und häufig von verschlucken begleitet. Auch das Sprechen war kaum möglich, vor allem die Bildung der Kehlkopflaute. Bedingt durch die Unterleibslähmungen war Moritz harn- und stuhlinkontinent. Es war für ihn auch kaum möglich, seine Beine einzusetzen.

Wir haben nun versucht, ihn spielerisch in verschiedene Tätigkeiten einzubinden. Zum Beispiel haben wir in seine Hand einen Druckschalter gebunden, der mit einer elektrischen Batterie und einem akustischen Summer ergänzt war. So konnte man vereinbaren: Ein langes Drücken bedeutet ‚ja', zwei Mal kurz gedrückt bedeutet ‚nein'. Dieses Verfahren funktionierte ziemlich gut, und wir konnten konstatieren, dass er sowohl hören konnte als auch sein Hirn adäquat funktionierte. Wir bauten das Verfahren aus und diverse Varianten ermöglichten weitere Kenntnisse. Wenn man ihm zum Beispiel an einer Hand drei ausgestreckte Finger zeigte, an der anderen Hand vier, und ihn nach der Addition fragte, so drückte er sieben Mal den Summer. Folglich konnte er sehen und rechnen. Solches erfreute uns natürlich sehr und wir erhofften auch eine positive Wirkung auf ihn. Doch eine informative Konversation war leider nicht möglich. Wenn sein Freund Hans-Jürgen, Physiotherapeut von Beruf, Moritz besuchte, führte er Fußreflexzonenmassagen durch in der Hoffnung, organisch und psychisch das eine oder andere lockern oder anregen zu können. Er wies auch mich ein und zeigte mir vieles in diesem Bereich, was ich mittels Lektüre weiter vertiefte. Wir erhofften Positives im Hinblick auf die Vater-Sohn-Verbindung. Nachdem Moritz – wenn auch nur kurzzeitig – sitzen konnte und auf der Station ein Rollstuhl vorhanden war, begannen wir mit kleinen Ausflügen – zunächst innerhalb des Krankenhauses, dann auch in dessen näherer Umgebung.

Doch leider stellten sich bei Moritz immer intensivere abweisende Verhaltensweisen ein. Er schrie heftig, erfasste sein Gegenüber mit kräftigem Griff. Diese Abwehrreaktionen steigerten sich im Laufe der Zeit deutlich. Fühlte er sich missverstanden? Oder konnte er eine sonstige Ablehnung nicht anders zum Ausdruck bringen? Oder waren dies hirnorganische Vorgänge? Kennzeichnend war, dass er von einem Augenblick auf den anderen seine Rage abbrechen und fröhlich sein, wieder grinsen und auch lachen konnte. Am ausgeprägtesten war dieser abrupte Wechsel beim Zusammensein mit seiner Mutter. – Meine Frau ist sehr einfühlsam und hatte insbesondere bei Moritz ein unglaubliches Einfühlungsvermögen in dessen innere Vorgänge.

Der Krankenhausaufenthalt in Tuttlingen zog sich nun bereits seit Monaten hin, ohne dass sich eine wesentliche Zustandsverbesserung ergab oder auch nur abzeichnete. Moritz war einerseits Familienvater und andererseits schwerstpflegebedürftig. Von Amts wegen (Notariat) war ich als sein Pfleger (heutige Bezeichnung Betreuer) eingesetzt. Nicht nur aus menschlichen Gründen, sondern auch in staatlich-rechtlicher Hinsicht war ich verpflichtet, in allen Bereichen für ihn zu sorgen. Als ich nicht feststellen konnte, dass man vonseiten des Krankenhauses weiterführende Maßnahmen einleitete, bemühte ich mich persönlich bei verschiedenen Einrichtungen um eine Rehabilitation. Nach längerem Suchen und einer gewissen Wartezeit konnte ich in der Schwarzwaldklinik Bad Krozingen, einer neurologischen und orthopädischen Rehabilitationsklinik, eine Aufnahme zum 5. Mai 1988 erreichen.

Der Transport dorthin in einem Ambulanzfahrzeug des DRK war turbulent. Der Fahrer wurde vorne von Karin, Moritz' Frau, begleitet; Moritz war mit mir im Patientenabteil untergebracht. Nur mühsam konnte ich ihn, der liegend transportiert wurde, beruhigen. Wir hatten ihm zwar schon seit einigen Tagen, besonders intensiv aber vor der Abfahrt, den Sinn und Zweck seines ‚Ausflugs' erläutert, aber wir hatten nicht feststellen können, wie er das Ganze aufgenommen hatte. War er misstrauisch, meinte er, dass ihm Übles geschehe? Das fast zwei Stunden anhaltende Toben und Schreien während der Fahrt ließ es vermuten und war für uns alle sehr anstrengend und belastend. Nach der Einlieferung blieb ich noch einige Tage in Bad Krozingen, um Moritz das Einleben etwas einfacher zu gestalten. Die Stationsaufnahme in dem großen und dennoch nicht unpersönlichen Krankenhaus war zuvorkommend. Alle begegneten Moritz mit großer Toleranz und erwiesen ihm Respekt. Jedoch war ein kollegiales Verhältnis in einem Zweibettzimmer für ihn praktisch unmöglich, und so wurde er wiederum in einem Einzelzimmer versorgt. Der Tagesablauf war reichlich strukturiert und geht am besten aus einem Ausschnitt des medizinischen Abschlussberichts vom 6. März 1989 hervor.

Therapie und Verlauf:

Herr C. kam mit einer schwersten Symptomatik bei postapallischem Syndrom in unserem Hause zu einer Reha-Behandlung zur Aufnahme. Im Vordergrund der Langzeitbehandlung standen eine intensive krankengymnastische Übungstherapie zur Verbesserung der Paresen und der Tetraspastik. Die erhebliche Wahrnehmungsstörung wurde krankengymnastisch und ergotherapeutisch durch ein intensives Wahrnehmungstraining, Führung, Kau- und Schlucktraining behandelt. Außerdem wurden ergotherapeutisch ein Selbsthilfetraining, eine allgemeine Aktivierung und ein Hirnleistungstraining versucht. Eine logopädische Therapie konnte aufgrund der sehr schwankenden Mitarbeit des Patienten nicht durchgeführt werden. Während des stationären Aufenthalts kam es zu einer Verbesserung der Symptomatik in allen Bereichen bei jedoch immer noch vorherrschendem schwerem Krankheitsbild. Die schwere Rumpfataxie konnte sehr günstig beeinflusst werden, im Dez. '88 wurde eine operative Spitzfußkorrektur links durchgeführt. Nach der Korrektur konnte die krankengymnastische Übungstherapie noch einmal intensiviert werden, der Patient ist heute mit Hilfe gehfähig. Zudem wurde mit der Operation ein regelmäßiges Standing ermöglicht. Alle Therapien wurden durch das erhebliche hirnorganische Psychosyndrom immer wieder sehr erschwert. So neigt Herr C. zu mehr oder weniger unmotivierten Gefühlsausbrüchen mit Schreien, Aggression, Zerreißen der Kleidung und Polyphagie. Aufgrund dieser Symptomatik und der allgemeinen Wahrnehmungsstörung sowie der erheblichen mnestischen Defizite wurde der Tagesablauf sehr strukturiert. Auf diese Art und Weise konnte auch eine relativ gute soziale Bindung an die Therapeuten erreicht werden. Die Symptomatik dieses oben beschriebenen hirnorganischen Psychosyndroms war zu Anfang der Behandlung in unserem Hause sehr ausgeprägt, während längerer Zeit wechselnd und zum heutigen Zeitpunkt wieder mehr oder weniger vorherrschend.

Zusammenfassung, Prognose und Weiterbehandlungsempfehlung

Das oben beschriebene schwere Krankheitsbild bei Zustand nach gedecktem SHT hat sich während des stationären Aufenthaltes verbessern können, jedoch besteht weiterhin eine erhebliche Symptomatik, vor allen Dingen im Bereich des hirnorganischen Psychosyndroms. Eine weitere Verbesserung ist zum derzeitigen Zeitpunkt nicht absehbar, wir gehen jedoch davon aus, dass sich das Krankheitsbild nun weitgehend stabilisiert hat. Herr C. wird mit Sicherheit nicht mehr in den Arbeitsprozess einzugliedern sein und weiterhin auf Fremdhilfe angewiesen sein. Zum jetzigen Zeitpunkt halten wir es für erforderlich, einen Integrationsversuch in die häusliche Umgebung zu versuchen. Die Angehörigen sind in zahlreichen Gesprächen mit uns entsprechend vorbereitet und informiert worden.

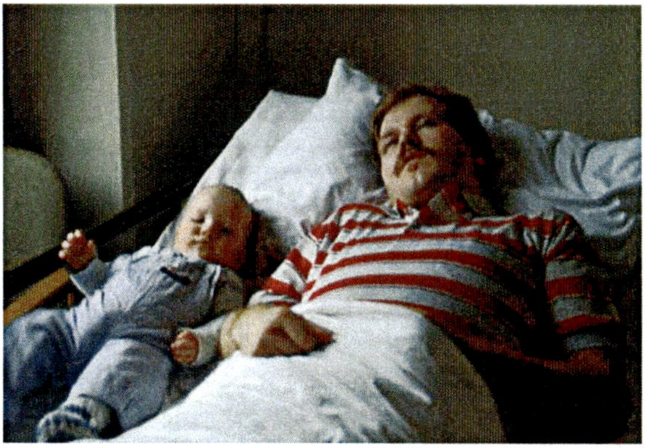

Florian und Moritz

Ergänzend möchte ich noch festhalten: Der zuständige Stationsarzt war durch Contergan geschädigt und konnte sich recht gut in die Situation seiner Schützlinge einfühlen. Diese Menschlichkeit kam natürlich allen zugute.

Die Wutausbrüche von Moritz waren oft sehr prägnant. Zum Beispiel hatte er einmal ein kleines elektronisches Kommunikationsgerät erhalten. Nur kurze Zeit konnte er dieses mehr oder weniger gezielt einsetzen, aber dann erfolgte die Totalzerstörung mittels eines heftigen Wurfes an die Wand. Als Folge dieses Wutausbruchs wurde dann die ‚Buchstabentafel' erfunden: Auf einem Karton von ungefähr DIN A4-Größe wurde das Alphabet mit großen Buchstaben – eingerahmt in entsprechende Quadrate – dargestellt. Wenn Moritz gut drauf war, konnte er mit seiner etwas weniger verkrüppelten linken Hand auf die einzelnen Buchstaben zeigen und so war, wenn auch etwas langwierig, eine Kommunikation möglich. Wenn die Verständigung aber schwierig wurde, konnte es vorkommen, dass die Buchstabentafel in Windeseile und voller Wut intensiv total zerstört wurde. Der materielle Schaden blieb im Gegensatz zur Zerstörung des elektronischen Gerätes gering und eine Wiederbeschaffung stellte auch zum wiederholten Mal keine größere Herausforderung dar.

Relativ angenehm war, dass er manchmal selbstständig mit dem Rollstuhl unterwegs sein konnte. Er liebte es dann, den Aufzug zu blockieren.

Auch in Bad Krozingen besuchten wir ihn möglichst häufig. Einmal hatte er große Freude, als sein Schäferhund ‚Jago' mit von der Partie war. Dieser erkannte Moritz sofort und folgte ihm.

Die oben schon erwähnte operative Spitzfußkorrektur bereitete mir große Probleme, war die Trennung der Achilles-Sehne doch eine irreversible Maßnahme mit der definitiven Einschränkung des Gebrauchs seiner Füße. Schweren Herzens gab ich meine Einwilligung. Später konnte er dann tatsächlich mit Hilfe eines sehr kräftigen Helfers einige Schritte ‚gehen'. Auch der Einsatz eines Stehbarrens war möglich. Anlässlich der Operation blieb ich vier volle Tage rund um die Uhr an Moritz' Bett, denn er war sehr unruhig.

Schließlich, nach fast zehn Monaten der Bemühung um eine umfassende Rehabilitation, konnte die Klinikleitung einen weiteren Aufenthalt in Bad Krozingen nicht mehr verantworten, und am 28. Februar 1989 wurde Moritz entlassen. Wieder standen wir vor der schweren Frage: WOHIN?

Als Laie in verwaltungstechnischen und medizinischen Fragen war ich zunächst vor eine fast unlösbare Aufgabe gestellt. Von allen angesprochenen Pflegeheimen erfolgte eine definitive Absage. Meine Frau, inzwischen 62 Jahre alt und früher Krankenschwester gewesen, nahm den Vorschlag der Schwarzwaldklinik auf und war zur Pflege von Moritz zu Hause bereit. Unser Einfamilienhaus hat im Erdgeschoss ein Gästezimmer mit Waschbecken, wo Moritz schlafen konnte. Über eine Rampe von der Straße zur Terrasse konnte ein rollstuhlgerechter Zugang zum Haus ermöglicht werden. Ob die Liebe und der Opferwille einer Mutter für eine wie immer geartete Zukunft ausreichend sein würde? Wir wussten es nicht, konnten nur hoffen und zunächst blieb uns eigentlich gar keine andere Wahl. Wenn man eine Ehe schließt mit dem Ziel der Familiengründung, weiß niemand, was auf einen zukommt – ob Genießen eines Ruhestandes oder Aufopferung.

Ab dem 1. März 1989 war Moritz also wieder zu Hause. Er konnte jetzt nicht mehr wie in jungen Jahren selbstständig und aktiv sein, sondern war auf die Rund-um-Pflege seiner Mutter angewiesen.

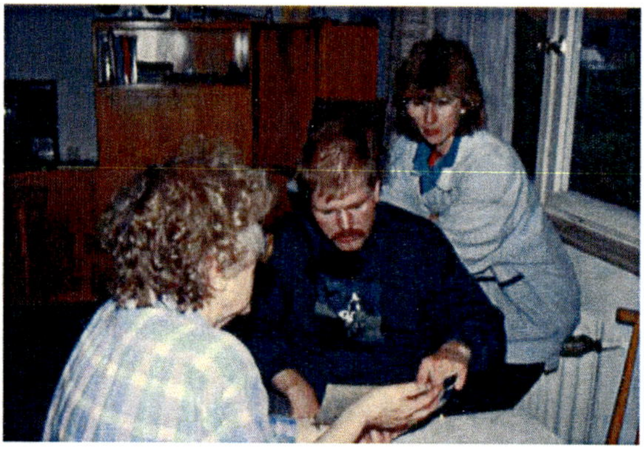

Moritz mit Mutter und Frau

Ich war im Berufsleben intensiv gefordert und konnte mich nur in meiner Freizeit einbringen. Das waren zum Beispiel Spiele zu Hause oder Ausflüge mit dem Rollstuhl, bei denen er immer darauf bedacht war, möglichst rasch wieder nach Hause zu kommen. Wenn wir unterwegs jemanden trafen, war eine Konversation immer schwierig. Die meisten Leute schienen ihn als Depp einzustufen oder sprachen ihn in einer kindlichen Ausdrucksform an. Moritz reagierte dementsprechend und die Betroffenheit des Gegenübers war wohl verständlich, doch die Situation war und blieb immer sehr unangenehm. Die gesamte Pflege oblag somit meiner Frau. Ihre Hingabe und ihre Aufopferung waren bewundernswert, vor allem, wenn man berücksichtigt, dass seine abwehrenden Ausfälle noch immer die gleichen waren wie früher. Deshalb wurde auch der Einsatz eines Zivildienstleistenden relativ schnell beendet. Ein paar Mal brachte sich ein Therapeut ein, doch verständlicherweise waren ihm die Fußtritte von Moritz nicht nur unangenehm, sondern auch zu gefährlich. Leider tolerierte Moritz auch nicht, dass wir gemeinsam aßen. Bei jedem Versuch einer gemeinsamen Mahlzeit warf er den Tisch mit allem, was sich darauf befand, um. Die tägliche Körperpflege konnte am Waschbecken in seinem Zimmer durchgeführt werden. Das Bad, und damit auch Dusche bzw. Badewanne, befindet sich im Obergeschoss, welches nur über eine Treppe zugänglich ist. Moritz hatte ein stattliches Gewicht und auch mit Hilfestellung war ihm ein Besteigen der Treppe nicht möglich. So habe ich eine Art Sänfte angefertigt und mit Hilfe des einen oder anderen meiner Kameraden war ein ‚Transport' ins Bad möglich, was Moritz jeweils sehr belustigte.

Ansonsten war unser Tagesablauf seit Moritz' Einzug mit belastenden Schwierigkeiten ausgefüllt. Unser Hausarzt hatte uns einige Male besucht, um einen Einblick in unser Familienleben zu erhalten. In schwierigen Situationen konnte er das eine oder andere Mal beschwichtigend eingreifen. Während der Nacht haben meine Frau und ich uns abwechselnd wach gehalten, um im Notfall präsent zu sein. Während meiner ‚Schicht' bin ich zweimal eingeschlafen. Das eine Mal hatte Moritz sein Bett zerrissen, dessen Fetzen und die Federn in den Mund gesteckt; das andere Mal zerriss er der Schlafanzug wie auch die Windel samt deren (dicken) Inhalt.

Zusätzlich zu seinen Aggressionen litt Moritz auch unter sehr heftigen Halluzinationen. Wie oft tobte er, weil er die Wahnvorstellung hatte, dass aus dem Heizkörper

Gas ausströme. Solche Situationen waren natürlich äußerst belastend. Aus dem Bekanntenkreis wurden wir auf einen Geistheiler aufmerksam gemacht, der im bürgerlichen Beruf als Tierarzt praktiziert. Wir nahmen eine lange, sehr anstrengende Pkw-Fahrt in Kauf und führten Moritz einer Sitzung zu. Tatsächlich bestanden ab diesem Zeitpunkt keine Halluzinationen mehr. Die Diagnose lautete: „Moritz war von einem bösen Geist besessen und ist nun von diesem befreit." Die hirnorganischen Defizite konnte Dr. Sch... jedoch auch nicht lösen.

Die pausenlosen Belastungen gingen natürlich an meiner Frau und auch an mir nicht spurlos vorbei. Am 22. Mai 1989 war meine Frau komplett erschöpft und ausgelaugt. Unser Hausarzt fragte beim Psychiatrischen Landeskrankenhaus (PLK) Reichenau, welches von Staats wegen für unseren Landkreis zuständig ist, wegen einer kurzzeitigen Aufnahme von Moritz an. Leider erfolgte nur eine abschlägige Antwort.

Zwei Tage später, am 24. Mai, brach meine Frau total zusammen. Bevor ich morgens zur Arbeit ging, fragte sie mich noch, ob ich wegfahren müsse (ich war beruflich oft unterwegs), sie sei sehr schlapp. Ich sagte ihr, dass ich im Betrieb sei und sie mich anrufen solle, falls sie mich brauche. Nach ihrem Anruf um 9.00 Uhr kehrte ich sofort nach Hause zurück. Meine Frau lag regungslos – aber Gott sei Dank atmend – auf dem Sofa. Moritz, der im Rollstuhl fixiert war, hatte sich nach hinten geworfen, tobte und schlug mit den Beinen bzw. mit dem Rollstuhl auf das Mobiliar ein. Der alarmierte Hausarzt kam sofort und gab meiner Frau eine Spritze, sodass sie sich kurzzeitig erholen konnte, dann aber zu meinem Entsetzen zu singen begann.

Moritz sollte nun sofort in die Fachklinik für Psychiatrie und Neurologie des Krankenhauses Rottenmünster gebracht werden, welches nur etwa 15 Kilometer von uns entfernt ist. In der sehr unruhigen Aufnahmestation wurde Moritz von den Mitpatienten angegriffen. Eine Rückkehr nach Hause wurde deswegen von den Ärzten dringend empfohlen und von uns auch umgehend durchgeführt.

Eine gähnende Leere, totale Hilflosigkeit und Verzweiflung beherrschte in den nächsten Tagen unser Zuhause. Nur die zwingend notwendigen Pflegemaßnahmen wurden durchgeführt, wir fühlten uns wie in einem Ghetto eingesperrt und waren am Ende unserer Kräfte. Ich hatte Verbindung aufgenommen mit Sozialhilfestellen des Landkreises und kirchlichen Einrichtungen, folgte den Adressen von Familienhilfen und vielem mehr. Doch alle Auskünfte waren negativ, niemand konnte mir aktuell helfen. Von dem Kuratorium ZNS in Bonn (damals unter der Leitung von Frau Hannelore Kohl) erhielt ich außer einer Hochglanzbroschüre mit Darstellung toller Kliniken auch die Adresse vom BDH – Bund deutscher Hirnbeschädigter – in Freiburg. Von dort erhielt ich sofort eine umfangreiche Liste diverser in Frage kommender Heime. Pausenloses Schreiben und Telefonieren füllte die nächsten Tage aus, stets mit dem gleichen negativen Ergebnis: Keine Möglichkeit, kein Platz!

Ich gehe davon aus, dass Moritz gar alles und vollkommen mitbekommen hat. Was muss wohl in ihm vorgegangen sein? War der Zustand seines zerrissenen Hirns nicht viel schlimmer als meine Hilflosigkeit? Und gerade er war doch in ganz außerordentlichem Maß auf Hilfe – meine Hilfe – angewiesen. Er war in dieser Situation noch hilfloser als ich. Seine Mutter ‚funktionierte' irgendwie weiter für ihn, wenn auch nur noch als Wrack. Das konnte nicht gut gehen und es dauerte auch nicht mehr lange: Am 30. Mai 1989 erlitt sie einen Nervenzusammenbruch.

Am darauf folgenden Tag konnte unser Hausarzt für Moritz eine Aufnahme in der geriatrischen Station des Krankenhauses im Rottenmünster erwirken. Gewiss nicht das, was Moritz gebraucht hätte, aber ich war für die Entlastung dankbar und konnte so langsam meiner Frau auf die Beine helfen und meinen beruflichen Verpflichtungen nachkommen. Doch die Entlastung war nur von kurzer Dauer. Bereits im Juli wurden wir von ärztlicher Seite im Rottenmünster gedrängt, eine Unterkunft für Moritz zu suchen. Am Vormittag des 14. Juli 1989 habe ich in Begleitung von Dr. Böhme sen. (Psychiater in Tuttlingen) das Pflegeheim Wartenberg des Landkreises besucht, wo man eine Wartezeit von mindestens einem halben Jahr andeutete. Am Nachmittag konnten wir im Behindertenheim RT-Rappertshofen (eine Einrichtung des Landeswohlfahrtsverbandes Württemberg-Hohenzollern) Moritz vorstellen. Uns wurde eine Aufnahme tatsächlich zugesagt – allerdings mit mindestens einem Jahr Wartezeit. Alles Weitere entwickelte sich jedoch ganz anders: Erst im August 1991 wurde ich von Rappertshofen wieder wegen Formalitäten angeschrieben (siehe spätere Darstellungen) – somit war Rappertshofen zum damaligen Zeitpunkt nicht relevant.

Inzwischen ist in mir die Erkenntnis gewachsen, dass wir, das heißt unser medizinischpolitisches System, in einem neuartigen Dilemma stecken: Hirnverletzte Patienten sind früher relativ rasch gestorben. Die Fortschritte der Medizin in dem Bereich der Lebenserhaltung sind hingegen vorwärtsgaloppiert und das daraus resultierende Vakuum in der adäquaten Versorgung hirngeschädigter Patienten ist in allen Bereichen unseres Staatsgebildes, welches ethisch orientiert sein sollte, noch unbebautes Neuland. Auf Landesebene konnte ich auf diese Problematik hinweisen. Ich hatte unzählige Besuche und Besprechungen auf dem Landratsamt, mit Landtagsabgeordneten und im Sozialministerium in Stuttgart. Unsere konkrete Situation war für meine Gesprächspartner schockierend, lieferte plastisches Anschauungsmaterial für eine große Lücke, deren Schließung wahrhaftig nicht einfach ist. Doch habe ich mich nicht nur beklagt, sondern auch konkrete Vorschläge unterbreitet, siehe Ausschnitt eines Schreibens vom 31.07.1989 an unseren Landtagsabgeordneten:

... auf meiner Suchtournee bin ich auch auf das Therapiezentrum Burgau (Bayerisch Schwaben) gestoßen, einer Spezialklinik für Hirnverletzte, welche natürlich wie alle anderen, wenigen Einrichtungen ausgelastet und mit ewigen Wartezeiten behaftet ist. Dort wurde ich auf einen Ihrer bayerischen Kollegen, Herrn Nentwig hingewiesen, der mir die beigefügten Unterlagen zusandte.

Aus diesen Unterlagen geht hervor, dass unsere Angelegenheit kein Sonderfall ist, sondern sämtliche ähnlich Verletzten sich in einem totalen Loch der Versorgung befinden. Das ist für ein zivilisiertes Land wie Deutschland ein echter Schandfleck! Ein Land, welches reich ist, in Medizin und Technik eine Vorreiterrolle führt, sollte nicht ein derartiges Vakuum aufzeigen! Egal, ob es unserem Sohn noch etwas bringt – aber auch für alle folgenden Fälle, möchte ich Sie als unseren Abgeordneten im Landtag in Anlehnung an die Tätigkeit Ihres Kollegen Herrn Nentwig bitten, bei unserer Landesregierung in Antrag zu bringen:

1. *Sämtliche Krankenhäuser und Sozialstationen sollen in Koordination gebracht werden. Es soll bewirkt werden, dass es nicht Angelegenheit der Angehörigen ist, die weiteren Maßnahmen nach erfolgter Intensivbehandlung zu ergreifen, sondern entweder des jeweiligen Krankenhauses oder besser einer zentralen Landeseinrichtung*
2. *Es soll eine nahtlose Weiterführung der Behandlung von Erstversorgung über Rehabilitierung bis zur Gesundung oder der endgültigen Festlegung des Pflegefalles erfolgen.*
3. *Um Punkt 2 entsprechend des Bedarfes durchführen zu können, sollen im Lande verteilt an bestehende Krankenhäuser Spezialabteilungen angeschlossen werden mit quantitativ und qualitativ ausreichendem Personal und Einrichtungen.*

Sehr geehrter Herr Ströbele, ich weiß, ich verlange viel, jedoch bin ich gern bereit, jeden Beitrag (ob ideell oder materiell) zu bringen, um Sie und die mir am Herzen liegende Sache zu unterstützen.
Ich wäre Ihnen für ein baldiges und nachdringliches Vorgehen dankbar.

Darstellungen im Spiegel Nr. 27 / 1989 ergänzen meine persönlichen Erfahrungen:

„Ein totaler Absturz in das Nichts"
SPIEGEL-Reporter Hans Halter über die Versorgung gehirntoter Unfallopfer

„Ich als ‚Gehirntoter', sagt Sepp, „als ehemals Gehirntoter, war damals in einer anderen Welt." Damals, im Mai 1976, als Sepp beim Einstieg in die Similaun-Nordwand vor Sonnenaufgang auf ein Schneebrett trat. Er stürzte über Felsen 230 Meter in die Tiefe. „Jetzt weiß ich, es gibt ein Leben neben dem Leben."
In diesem Schattenreich hat der Mann viele Monate verweilt. Ohne Schmerz, ohne Sprache, Gefühl und Orientierung, tief bewusstlos, gehirntot, als ‚Apalliker'. Aus den dunklen Nebeln ist er wiederaufgetaucht. Das hat alle überrascht, die sich um Sepp kümmerten. Denn ein Apalliker gilt gemeinhin als verloren, damals wie heute. „Nun bin ich der Paradepatient. Geheilt!" Sepp lacht, rückt seine Goldrandbrille zurecht. Er ist jetzt 39 Jahre alt, Beamter. Am Wochenende besucht er Hirnverletzte, die

nicht herausfinden können aus dem Leben neben dem Leben. „Das bin ich denen schuldig."
Manche lächeln, wenn Sepp sie berührt und weinen, wenn er geht. Alle sehen mit offenen Augen ins Leere. Sprechen kann keiner, höchstens lallen. An den Besuch des Optimisten Sepp Häusler wird sich später niemand erinnern. Einem Apalliker fehlt das Gedächtnis. Er weiß nicht, wer er ist und was ihm widerfahren ist. Er hat kein Gefühl für oben oder unten, für den Druck auf der Blase, für Wärme oder Kälte. Er kann seine Glieder nicht sinnvoll bewegen, nicht essen, nicht trinken. Manchmal mahlen die Kiefer ohne Unterlass. Speichel rinnt aus dem halboffenen Mund. Der Apalliker merkt es nicht.
Ansprechen, Anfassen erweckt keinen sinnvollen Widerhall. Auch der Versuch, die Aufmerksamkeit hinzulenken, gelingt nicht oder höchstens spurweise. Die reflektorischen Flucht- und Abwehrbewegungen können fehlen. Die Kranken verharren in unbequemen Körperstellungen. Nur bestimmte vegetative Elementarfunktionen, wie etwa das Schlucken, bleiben erhalten.
So hat der berühmte deutsche Nervenarzt Ernst Kretschmer 1940 als erster das ‚apallische Syndrom' beschrieben, den Zustand der ‚Enthirnung': „Der ganze Hirnmantel, das ‚Pallium', koppelt sich vom Hirnstamm ab. Dann ist der Mensch kein Mensch mehr, sondern ein völlig hilfloses Bündel ohne Bewusstsein, ohne Sprache, ohne Emotion."
Zu Kretschmers Zeiten kamen diese schwersten Hirnschäden selten vor. Sie konnten sich nicht ausbilden, weil höchst selten jemand die ersten Tage oder Wochen

gehirntot überlebte. Auch die erste Apallikerin Kretschmers starb. Seit es Intensivstationen gibt, wo wiederbelebt und beatmet wird, wo das Herz durch Elektroschocks zum Schlagen und der Blutkreislauf durch Pumpen in Schwung gebracht wird, überleben immer mehr Apalliker. In der Bundesrepublik sind es pro Jahr rund 3.000.
Sie sind die Ärmsten der Armen: noch am Leben und doch von den meisten Mitmenschen aufgegeben, abgeschoben in Pflegeheime, wundgelegen, mit grotesk verkrampften Armen und Beinen, vollgepumpt mit Beruhigungsmitteln. Es sind junge Menschen, Opfer des Straßenverkehrs, des Sports und der Arbeit. Ihre Augen sind offen, sehen aber nichts. Sie liegen paradoxerweise wach im ‚Koma', dem ‚tiefen Schlaf' der alten Griechen, aus dem es für viele kein Entrinnen gibt. Der Tod kommt als Lungenentzündung, oft erst nach Jahren.
Thomas geriet als 21jähriger unter die Räder eines Lastwagens. Das ist jetzt fünf Jahre her. „Man hat ihn", sagt seine Mutter, „immer nur von einer Klinik in die andere abgeschoben." Sie besucht ihn täglich, Thomas muss gefüttert werden. „Ich glaube, er versteht etwas, aber er kann nichts sagen." Seit drei Jahren liegt Thomas, 26, im Altersheim. „Er weint viel. Ich hoffe, er muss nicht länger leben als ich."*
Um Gert kümmern sich Eltern, Kameraden und Vater Staat. Gert war Polizist, 24 Jahre alt. Er hat einen Dienstunfall erlitten, als er freiwillig half, ein Feuer zu bekämpfen. Seither ist Gert Apalliker. „Wir können unsere Sorgen und Nöte nicht beschreiben, es ist unfassbar", sagt sein Vater. Er hat den Sohn jetzt nach Hause

geholt. Die Zustände in der ‚Rehabilitationsklinik' empfanden die Eltern als unerträglich. „Verzweifelt und ohnmächtig" mussten sie zusehen, was mit Gert dort geschah – nichts. Man ließ ihn liegen. Die Muskeln wurden hart, seine Gelenke begannen zu verknöchern. Die Zuwendung blieb auf ein Minimum beschränkt. Das Reha-Personal hatte Gert, kaum war er als Apalliker benannt, als ‚hoffnungslosen Fall' aufgegeben. Der Vater: „Dabei zeigt er doch Freude und Schmerz!"

Peter, 20, saß hinten und wurde bei einem Autounfall durch die Scheibe geschleudert. Tief bewusstlos flog man ihn aus seinem Urlaubsland Jugoslawien in die Heimat. Die Rettungsflieger holen Woche für Woche die schweren Schädel-Hirn-Verletzten zurück nach Deutschland: Bernd, 24, der bei einer Wildwasserfahrt auf Korsika ertrank; Gabriele, 17, die in Südtirol auf den Stahlmast eines Skilifts prallte; Christian, 20, der in seinen ersten Semesterferien auf einem Motorrad durch Frankreich fuhr und die Vorfahrt missachtete.

Die Heimholung klappt prima; Geld spielt keine Rolle. Deutsches Organisationstalent und die 3.200 Kilo Schub des Learjets garantieren den Erfolg. Doch für Apalliker gibt es am Ende kein Zuhause mehr. Sie fallen durch das soziale Netz ins Nichts.

„Verstehen Sie doch", belehrte Peters deutscher Arzt die Eltern, „er ist gehirntot. Einen Hund in diesem Zustand würde man totschlagen ..."

Die Eltern des kleinen Alexander, der einem bunten Ball hinterhergelaufen war und deshalb mit sieben Jahren unter ein schnelles Auto kam, wurden von den Medizi-

nern über alle Möglichkeiten der ,passiven Sterbehilfe' aufgeklärt. Auf den Einwand der Eltern, man habe doch nicht das Recht, über Leben und Tod zu entscheiden, sagten die Doktoren: „Richtig. Das geht Sie nichts an. Das ist Sache der Ärzte."

„Unser Sohn verunglückte im April letzten Jahres beim Skifahren", berichtet Armin Nentwig aus Amberg in der Oberpfalz. „Er wurde durch eine Lawine verschüttet, nach 50 Minuten geborgen und wiederbelebt." Der Rettungshubschrauber flog den 24jährigen in die Uni-Klinik Innsbruck. Deren neurologische Intensivstation ist eine der besten der Welt, spezialisiert auf schwerste Hirnverletzungen. Hier rettete man Wolfgangs Leben. Das Bewusstsein kehrte nicht zurück. „Nach 14 Tagen sagte man uns, dass wir ihn wegnehmen, eine andere Klinik für ihn suchen müssen." Betten auf Intensivstationen werden dringend gebraucht. Wohin sonst mit den neuen Unfallopfern, die der Helikopter aus heiterem Himmel herbeischafft?

Vater Nentwig tat sein Bestes. Er hat Beziehungen, er versteht es, Türen zu öffnen. Nentwig ist bayrischer Landtagsabgeordneter, einer von der dynamischen Art. Seinem Sohn, dem Apalliker, konnte er nicht helfen. „Es war ein Drama, schrecklich. Diese Hilflosigkeit." Für Wolfgang begann eine Odyssee durch viele Kliniken. Nach fünf Monaten starb er. „Das schwöre ich Ihnen", sagt sein Vater, „Wolfgangs Tod soll nicht umsonst gewesen sein."

Wolfgangs Notarzt, der Innsbrucker Neurologie-Professor Franz Gerstenbrand, schrieb 1967 ein ganzes Buch über das ‚apallische Syndrom'. Er ist eine unbestrittene Kapazität, hat jedoch Mühe, sich in Deutschland Gehör zu verschaffen. „Nach einem schweren Unfall wird dem Gehirn einfach keine Priorität eingeräumt", klagt er. Alles andere geht vor – die Schockbekämpfung, das Nageln der Knochenbrüche, die Wundversorgung. Vom Gehirn verstehen viele Chirurgen und Intensivmediziner auch herzlich wenig. Am Ende entscheiden aber nicht die kunstgerecht ‚zusammengenagelten Haxen' (Gerstenbrand) über das weitere Schicksal des Verunglückten, sondern die 16 Milliarden kleinen grauen Zellen im zertrümmerten Schädel.

Sie schwellen an, der Hirndruck steigt. Epileptische Krämpfe sind die Folge. Alle höher entwickelten Funktionen erlöschen. Der Mensch wird zu einem ‚Stammhirn-Wesen', er hat nur noch primitive Reflexe. Sein Energieverbrauch wächst immens, doch jede Kommunikation mit der Umwelt ist unterbrochen. Ein Apalliker kann nichts für sich tun, gar nichts. In allem ist er auf die Hilfe anderer Menschen angewiesen, auf deren Sachkunde, Ausdauer und Liebe.

Das muss aber nicht so bleiben. Der ‚Gehirntod' – genauer: die vollständige Entkoppelung des menschlichen Großhirns von seiner Basis, dem in Jahrmillionen strukturierten, eher animalischen Stammhirn – kann rückgängig gemacht werden. „Wenn die Leute das doch begreifen würden", sagt Gerstenbrand, „das apallische Syndrom ist eine Funktionsstörung, kein Defektzustand auf Dauer. Jeder Apalliker ist prinzipiell rückbildungsfähig." So wie Sepp, der Bergwanderer, den man in Innsbruck erfolg-

reich rehabilitierte. Er wertet als Münchner Polizist jetzt Strafmandate aus.
Die Rehabilitation eines Hirnverletzten „muss idealerweise am Unfalltag beginnen“ (Gerstenbrand) – das ist die Crux. In einer Intensivstation hat man andere Sorgen. Hier wird, zeitgleich in vielen Betten, gegen den Tod gekämpft. Alles andere kommt später. „Die Apalliker“, sagt einer der Innsbrucker Oberärzte, „sind ein Danaergeschenk der modernen Medizin.“
Spätestens nach einigen Wochen müssen Apalliker die lebensrettende Intensivstation verlassen. Doch wohin mit ihnen? Abgeordneter Nentwig: „Der Patient fällt in ein absolutes Loch, es ist ein totaler Absturz in das Nichts.“ Der bewusstlose Patient braucht jetzt maximale Zuwendung, eine personalintensive Therapie rund um die Uhr. Das können (und wollen) normale Krankenstationen nicht leisten. Die meisten Krankenhäuser verweigern deshalb die Aufnahme eines Apallikers.
Gerhards Mutter hat die Ablehnungsschreiben gesammelt. Ihr Sohn, 27, war bei einem Verkehrsunfall schwer verletzt worden. „... muss ich Sie darauf hinweisen“, schreibt der Ärztliche Direktor einer Neurologischen Klinik des Bundes Deutscher Hirnbeschädigter, „dass wir nur Patienten aufnehmen können, bei denen kein sogenanntes apallisches Syndrom vorliegt.“ „... möchte ich Ihnen dringend empfehlen“, rät die Arbeiterwohlfahrt, „Ihren Sohn auch in anderen Alten- und Pflegeheimen des hiesigen Raumes anzumelden ...“ „... fehlt es“, bescheidet der Oberbürgermeister, „an den notwendigen medizinischen und pflegerischen Voraussetzungen.“ „... gestaltet

sich die Wartezeit sehr lange ...“ „... leider nur eine beschränkte Anzahl von Betten ...“ „... kann ich für Ihren Sohn keine Aufnahmezusage machen ...“ „... kommen wir zu gegebener Zeit unaufgefordert auf Sie zurück ...“ Alle bedauern, mit freundlichen Grüßen.

„So viele Patienten gehen zugrunde, denen noch geholfen werden könnte“, sagt Gerstenbrand, „besonders in Deutschland.“

Eva, 19, ist noch mal davongekommen. Sie fuhr mit dem Motorroller frontal gegen einen Pkw. Ihr Vater, der Augsburger Diplomingenieur und Unternehmer Max Schuster, beschreibt Evas Zustand nach einer halbjährigen ‚Rehabilitations'-Behandlung in verschiedenen deutschen Kliniken: „Die Hände, Arme und Knie waren angewinkelt, zementartig fest, auch in Vollnarkose nicht mehr zu mobilisieren. Am Schluss rotierte durch die Muskelspannung ein Oberschenkel nach innen, sodass der Hüftknochen aus der Pfanne gezogen wurde. Die einzige Antwort war: Morphium. Alle Ärzte hatten Eva aufgegeben.“

Das ist jetzt fast zwei Jahre her. Max Schuster fand in seiner Not eine Klinik in der Schweiz, im graubündischen Valens. Dort hat man Eva gerettet, ihr das Großhirn zurückgegeben. Jetzt telefoniert sie allabendlich vergnügt mit ihrer Familie. Sie ist keine Apallikerin mehr. Demnächst wird sie in Burgau vorbeischauen, einer kleinen Stadt im bayrischen Schwaben. Hier gibt es im zweiten Stock des Kreiskrankenhauses seit Anfang April die moder[illegible] deutsche Rehabilitationsabteilung für Schädel-[illegible]letzte. Ehrenamtlicher Geschäftsführer ist Max [illegible], Evas Vater.

Um Apalliker ins menschliche Leben zurückzuführen, bedarf es in erster Linie hochmotivierten Personals. Mindestens sechs Stunden pro Tag wird der Bewusstlose therapiert: Man lehrt ihn schlucken und abhusten, bewegt seine Glieder, hebt ihn in den Whirlpool. Damit die Muskeln nicht verkrampfen oder sich für immer zurückbilden, damit die Gelenke nicht versteifen und der Blutdruck auch in senkrechter Lage stabil bleibt, werden die bewusstlosen Kranken in rollenden ‚Stehbetten' bewegt. Ihr schlafender Kopf ruht auf einem Lederkissen, die Füße lernen wieder laufen.
Ganz langsam, nach Wochen oder Monaten intensiver Zuwendung, kann das Bewusstsein zurückkehren. In kleinen Teilen zuerst und nur vorübergehend. „Wenn ein Patient uns zum ersten Mal ansieht", sagt der Burgauer Chefarzt Wolfgang Bauermeister, 41, „wenn sein Blick uns folgt, ist das für uns ein gewaltiger Schritt." Nachdenkliche Pause. „Für seine gesellschaftliche Integration ist es wenig."
Das erste Wort der aus dem zweiten Leben Zurückkehrenden ist „Mama". Tränen fließen. Dann wird der Blick wieder leer. In Burgau dürfen und sollen die Angehörigen so oft und so lange es geht, bei den Patienten sein. Für ihren Aufenthalt werden jetzt Gästezimmer ausgebaut. Eltern lesen ihren stumm gewordenen Kindern die alten Lieblingsmärchen vor. Verlobte zeigen den leeren Augen die Photos aus glücklicher Zeit. Liebe ist die beste Medizin.
Sie hilft, das Vergessene im Großhirn wiederzufinden. Die Sprache, das Gedächtnis, den Sinn für Gleichge-

wicht, Körperpflege, Hunger oder Durst. „Wir lehren den Patienten nichts Neues“, erklären die Therapeuten, „wir suchen gemeinsam nach gespeicherten Funktionen.“ Der Weg aus dem Nebel ist weit. Manchmal muss eine Sprachlehrerin (Logopädin) Hunderte von Stunden mit dem Kranken üben, bevor er die ersten verständlichen Worte artikulieren kann.

„Bei unseren Kranken“, erläutert die erfahrene Therapeutin Karin Nielsen, eine Dänin, „ist meist die Sensibilität gestört, das Spüren. Fühlen und Sehen passen oft nicht mehr zusammen.“ Wegen der gestörten Wahrnehmung haben die Patienten das Gefühl, ihre Füße stünden auf einer Schräge oder versänken in einem Loch. Aus eigenem Antrieb kommt ein Hirnverletzter nicht aus dem Bett. Der Antrieb hat sein biologisches Substrat ja auch im Großhirn. Es ist leichter, ins Bett zu machen, als auf dem Klo zu sitzen. Die Wiedererlangung einer kontrollierten Blasen- und Darmfunktion ist ein vorrangiges Behandlungsziel.

Wer will, darf abends fernsehen. Für einen Enthusiasten der deutschen Bundesliga ist die ‚Sportschau‘ ein lebenserweckender Stimulus. In den Krankenzimmern gibt es Pinnwände, damit die persönlichen Dinge ihren legitimen Platz finden. Jedes Bett kostet 7.000 Mark und lässt sich durch drei Elektromotoren bewegen. Es ist viel Holz verbaut worden in Burgau, „wegen der menschlichen Wärme“.

Die Behandlung eines Kranken kostet pro Tag rund 600 Mark. Um 20 Patienten kümmern sich 20 Krankenschwestern, acht Krankengymnastinnen, vier Arbeits-

(‚Ergo')therapeutinnen, zwei Logopädinnen, ein Psychologe, ein Freizeittherapeut und drei Ärzte. Das ist ein ‚Personalschlüssel', der auch anderswo Erfolg verspräche, doch nirgendwo verwirklicht ist. Die Apalliker bleiben mindestens drei Monate, manche voraussichtlich sogar länger als ein Jahr in Behandlung. Das Gehirn erholt sich nur langsam.
Vier Jahre lang bessern sich, richtige Rehabilitation vorausgesetzt, die Befunde. Doch nicht jeder Apalliker wird wieder ganz gesund. Von 100 Patienten schaffen das 30. 30 andere müssen mit Defekten leben lernen. 40 bleiben bewusstlos, pflegebedürftig für den Rest ihrer Tage.
„Welches Recht haben wir, allen diesen Menschen die bestmögliche Behandlung vorzuenthalten?", fragt Peters Mutter. „Von einer Sekunde auf die andere trifft einen dieser schreckliche Schicksalsschlag", sagt Rainers Vater, „und dann steht man so hilflos und so allein da. Das muss doch nicht sein. Wir sind doch ein reiches Land."

Ich möchte noch hinzufügen, dass ich Sepp Häusler, Prof. Gerstenbrand, den bayerischen Sozialminister Dr. Glück und Armin Nentwig anlässlich vieler Gespräche persönlich kennen gelernt habe. Am 7. Juli 1990 wurde ich Gründungsmitglied des Selbsthilfevereins ‚Schädel-Hirn-Patienten in Not e. V.'. In Bayern wurde bundesweite Arbeit begonnen und intensiv fortgesetzt. Im Jahr 2004 zeichnete sich eine meines Erachtens negative Entwicklung ab, weshalb ich den Verein verließ.

Eine ausführliche Pressearbeit meinerseits verlief praktisch im Sand – öffentliches Interesse konnte bestenfalls Betroffenheit wecken, jedoch keine konkrete Verbesserung der Angelegenheit bewirken. Soweit mein kleiner Ausflug in die Politik.

Zurück zu Moritz' Turbulenzen: Am Spätnachmittag des 14. Juli 1989 eröffnete mir unser Hausarzt, dass nunmehr das Krankenhaus in Rottenmünster für Moritz zuständig sei, nicht mehr er selbst. Welch ein Tiefschlag für Moritz und seine Eltern! Die Zusammenarbeit mit den Zuständigen von Rottenmünster (nicht mit dem pflegerischen Personal) wurde immer schwieriger. Uns erschien all das wie ein schwarzes Loch.

Überraschenderweise erhielt ich Kenntnis von der Schlossbergklinik in Bad König (Taunus), einer Einrichtung, die wie maßgeschneidert für Moritz schien. Am 19. August 1989 erhielten wir die Zusage und bereits am 24. August konnten wir Moritz zur Aufnahme bringen. Beim Besuch an einem der darauf folgenden Tage waren wir von dem vielfältigen Arrangement sehr beeindruckt. Aber bereits vier Tage später, am 28. August, wurden wir mit der Hiobsbotschaft konfrontiert, Moritz sofort abholen zu müssen, er sei für die Station untragbar. Als der zuständige Oberarzt Dr. Mundi stur und unnachgiebig bei seiner Definition blieb, schaltete ich unseren zuständigen Nervenarzt Dr. Böhme jun. ein. Doch auch das Telefonat zwischen den beiden Fachleuten blieb ohne Erfolg. So fuhren meine Frau und ich wieder 300 Kilometer nach Norden, um unseren Sohn erneut heim zu holen. Wir fanden ihn mit Kot verdreckt vor, weil das Personal sich weigerte, sich ihm zu nähern. Dieser elende Anblick unseres Sohnes bzw. mit diesen dortigen Umständen konrontiert zu werden, war für meine Frau und mich alles andere als leicht. Nachdem wir alles gepackt hatten und um ca. 23.00 Uhr zum Abfahren bereit waren, fanden wir alle Tore verschlossen vor. Es war beinahe Mitternacht, als wir Bad König verließen, und ein heftiger Sturm begleitete unsere Heimfahrt. Ich hoffte insgeheim, eine Windböe erfasse uns und ließe uns an einem Brückenpfeiler zerschellen. Aber nichts dergleichen geschah. Erst am frühen Morgen kamen wir zu Hause an – total fertig und hilflos im wahrsten Sinne des Wortes. Die jetzt noch größere Perspektivlosigkeit und die trotzdem und wiederum notwendige Versorgung rund um die Uhr machten meiner Frau vollends den Garaus. Unser Hausarzt, der ja praktisch für Moritz nicht mehr zuständig war, war inzwischen in Urlaub. So habe ich wiederum Dr. Böhme jun. eingeschaltet. Anlässlich der besonderen Situation besuchte er uns – ausnahmsweise – zu Hause. Er war von Moritz' Aggressivität beeindruckt und bekam diese durch persönliche Angriffe demonstriert.

Dieser Facharzt stellte dann eine Überweisung an das Psychiatrische Landeskrankenhaus (PLK) Reichenau aus. Dabei handelt es sich um ein öffentlich-rechtliches Krankenhaus, welches im Rahmen der psychiatrischen Grundversorgung verpflichtet ist, Patienten aufzunehmen, die sich selbst oder der Allgemeinheit gefährlich werden können bzw. wenn ein ähnlicher Bedarf vorliegt. Die diensthabende Ärztin der Aufnahmestation bekundete, das

PLK könne Moritz nicht aufnehmen, ich aber sei für ihn zuständig. Nur unter Suizidandrohung konnte ich Moritz schließlich in Reichenau belassen. Die sehr unruhige Aufnahmestation war für Moritz sehr belastend. Es erfolgte nur die allernötigste Ver- und Entsorgung. Sein dortiger Aufenthalt kam praktisch einem Vegetieren gleich. Vor den zum Teil rabiaten Mitpatienten musste Moritz oft regelrecht geschützt werden. Dementsprechend heftig waren natürlich seine Reaktionen und Aggressionen gegen seine Umgebung.

Einige Zeit später versorgte ihn ein anderer Arzt und verlegte ihn in ein anderes Haus, wo gewisse Therapiemaßnahmen durchgeführt wurden. Hier wurde auch vom ZDF ein Fernsehfilm gedreht. Nicht nur wir, seine Familie, besuchten ihn möglichst oft, sondern auch seine Drachenfliegerkameraden. Sie waren treue Freunde und oft wurden alte Episoden aufgewärmt: „Moritz, weißt du noch ..." Ansonsten blieb der Alltag trostlos. Fast täglich zerriss er seine Kleidung. Meine Frau führte mit größter Hingabe die Flickarbeiten durch. Meistens wurden drei gleiche Hemden, Pullis oder ähnliches angeschafft, aus deren (zerrissenen) Einzelteilen dann zwei zusammengenäht wurden, und zum Schluss blieb von all dem ein einziges Patchwork-Stück übrig.

So vergingen perspektivlose Tage, Wochen und Monate. Zu Hause waren weitere familiäre Belastungen zu tragen. Zum Beispiel hatte unsere jüngste Tochter Ende August entbunden und das erst zwei Tage alte Mädchen ist leider an einem körperlichen Defizit am 31. August verstorben. Die Belastung für die jungen Eheleute war natürlich riesengroß. Und uns – die Eltern – belastete es sehr, dass wir leider nicht persönlich die Trauer mittragen konnten.

Anlässlich meiner politischen Recherchen bin ich auch auf das Therapiezentrum Burgau gestoßen, welches damals die Aufbauphase bereits hinter sich hatte. Eine Aufnahme von Moritz war dort aus diversen Gründen nicht möglich. Jedoch hatte ich die Gelegenheit, am 25. und 26. Januar 1990 an einem Angehörigenseminar teilzunehmen. Hier konnte ich viel Interessantes und Wissenswertes erfahren. Doch die praktische Umsetzung prallte stets am Verhaltensmuster von Moritz ab. (Vielleicht bin ich weder ein guter Therapeut noch ein geschickter Psychologe.) Die andere Hürde war die Trägheit der Politik. Das Therapiekonzept von Burgau war einerseits – medizinisch betrachtet – hervorragend, hat mich aber andererseits deprimiert in Anbetracht dessen, wie ungenügend der bisherige Werdegang unseres Sohnes war – und dies auf dem Hintergrund, dass auch keine positive Perspektive für die Zukunft bestand. Praktisch war Moritz im PLK aufbewahrt (wobei ich für dieses ‚Entgegenkommen' dankbar zu sein hatte). Trotz Sedierung mittels Medikamenten war er von seinen Verhaltensstörungen gequält, die auch eine intensive Reha-Maßnahme erschwerten, ja letztendlich vereitelten. Auch für eine eventuelle Heimaufnahme in Rappertshofen hatte ich die Befürchtung, dass sein Verbleib nur kurzfristig sein könnte. Bei einem Symposium in München konnte ich mich bei Oberarzt Dr. Schlaegel von Burgau erkundigen, ob dort eine ambulante neuropsychologische Untersuchung möglich wäre. Diese wurde am 9. Oktober 1990 tatsächlich durchgeführt. Die ca. drei Stunden anhaltende Untersuchung war sehr intensiv. Das Ergebnis brachte aber keine neuen Erkenntnisse: vollständig pflegebedürftig, Inkontinenz, schlechte Kurzzeit-, gute Langzeiterinnerungen, Bestätigung der Verhaltensstörungen. „Bei gewissen Situationen, die hier allerdings nicht eindeutig differenzierbar waren, kommt es zu emotionalen Ausbrüchen und Verhaltensstörungen, die jedoch rasch wieder gebremst werden können."

WAS aber tun mit all dieser Kenntnis, was könnte, was sollte, was müsste ...? Die Praxis war wie eine Gummizelle: So dumpf, so tot!

Der von wenig Abwechslung gekennzeichnete Alltag wurde für Moritz nur ab und zu von einer minimalen, sehr kurzzeitigen Therapie unterbrochen. Einmal wurde versucht, mittels Logopädie sein Sprachvermögen anzureizen, doch leider wurde dieser Versuch sehr schnell wieder beendet. Ansonsten hatte er nur wenig Abwechslung in seinem Dasein.

Aus ca. 3 cm dicken und ca. 50 x 50 cm großen Holzplatten, ergänzt mit dementsprechenden Holzstöpseln, hatte ich ein Mühle- und ein Mensch-ärgere-dich-nicht-Spiel angefertigt. Dies sollte Moritz sowohl zur Unterhaltung dienen als auch therapeutisch ein Hirn- und Fingertraining sein. Die von ihm gezeigten Strategien waren meistens gleichmäßig, oft aber auch konfus: Das eine Mal war er sehr darauf bedacht, dass kein Fehler gegen die geltenden Regeln gemacht wurde; das nächste Mal aber konnte er ein Spiel plötzlich unter seine eigenen, diffusen Regeln stellen. Wehe, wenn man dies nicht sofort verstand: Schnellstens landete dann ein Stöpsel im Mund, wobei es möglich war, diesen mit zwei Fingern wieder aus dem Schlund zu ziehen, denn Moritz hatte ja – bedingt durch die Lähmung des Gaumensegels – keinen Würgereflex.

Sofern das Wetter es erlaubte, machten wir Ausflüge mit dem Rollstuhl – sowohl auf dem parkartigen Klinikgelände als auch Richtung Bodensee oder Bodanrück. Manchmal tobte Moritz so heftig, dass die Wanderung nur kurz war. Manchmal tolerierte er auch weite Strecken, und wenn es ganz gut ging, konnte man ihn unterwegs aus dem Rollstuhl nehmen und ihn mit entsprechender Unterstützung zu einigen Schritten veranlassen. Dies war für ihn jeweils sehr anstrengend.

Ein Besuch in der Cafeteria war kaum möglich – er tolerierte die anderen Gäste fast nicht, und heftige Turbulenzen waren die Folge. So konnte diese Abwechslung nur selten in Anspruch genommen werden. Damit Moritz möglichst oft eine Unterbrechung des Alltags erfahren konnte, besuchte meine Frau ihn wochentags mit dem Zug, was bei den vorliegenden Verbindungen eine ausgesprochen umständliche Bahnfahrerei mit sich brachte, und ich ihn über das Wochenende. Wir, also Moritz und seine Familie, waren sehr froh und dankbar für die Treue seiner Drachenfliegerkameraden, die oft mitgeholfen haben, seinen trostlosen Alltag zu lockern. Die restliche Zeit war Psychiatrieaufenthalt.

In Rappertshofen war immer noch keine Aufnahme möglich und die Verhaltensstörungen von Moritz hatten gezeigt, dass ein Verbleib in Wartenberg bestimmt nur sehr kurz sein könnte.

Bei meinen Recherchen, ein geeignetes Pflegeheim zu finden, bin ich auf das Haus ‚Iberg' bei Maierhöfen im Allgäu gestoßen. Dieses Haus besteht seit 1967 als Alten- und Pflegeheim und ist seit Anfang 1986 in den Besitz eines gemeinnützigen Vereins übergegangen. Die Gesamtleitung liegt seither bei Prof. Dr. F. J. Schmitt. Der Träger des Hauses hatte sich im Herbst 1990 entschlossen, für den großen Bedarf der Versorgung und Rehabilitation von Schädel-Hirn-Verletzten eine qualifizierte Betreuung anzubieten. Ich konnte das umfangreich ausgearbeitete Programm erhalten.

KONZEPTION ZUR VERSORGUNG VON SCHÄDEL-HIRNVERLETZTEN IM HAUS IBERG FÜR LANGZEIT-REHABILITATION UND ZUSTANDSERHALTENDE PFLEGE

Ausgangslage

Das Haus Iberg besteht derzeit als gemischte Einrichtung für jüngere psychisch Langzeitkranke, alt gewordene psychisch Langzeitkranke und psychisch kranke alte Menschen. Die Behinderungen anderer Personen, die im Haus Iberg Aufnahme gefunden haben, sind in der Regel Sekundärbehinderungen oder Begleitbehinderungen. Das Haus Iberg verfügt über 274 Plätze. Dem Haus Iberg angegliedert ist eine etwa 8 Kilometer entfernte Wohngemeinschaft für psychisch jüngere Langzeitkranke.

ZIELVORSTELLUNGEN

Im Rahmen einer ohnehin geplanten Platzreduzierung und auch baulichen Veränderung soll nunmehr im Haus Iberg eine eigene getrennte Abteilung für Personen mit erworbenen Hirnschädigungen eingerichtet werden. Diese Abteilung soll räumlich getrennt von den übrigen Abteilungen des Hauses durch Umwandlung bestehender Plätze aufgebaut werden.

MOTIVATION FÜR EINE BETEILIGUNG AN DER GESAMTVERSORGUNG VON PERSONEN MIT ERWORBENEN HIRNSCHÄDIGUNGEN

1. *Bei dem Personenkreis der Schädel-Hirnverletzungen handelt es sich noch immer um eine besonders benachteiligte Personengruppe. Der Träger des Hauses Iberg betrachtet es deshalb als eine wichtige gesellschaftliche Aufgabe, sich an der Versorgung dieses Personenkreises im flächendeckenden Sinne zu beteiligen.*
2. *Auch ohne einen speziellen Auftrag hierfür zu haben, versorgte das Haus Iberg auch bisher immer wieder einige wenige Patienten dieses Personenkreises.*
3. *Aufgrund der im Haus Iberg mit Apallikern gemachten Erfahrungen soll diese Arbeit nun strukturiert und ausgebaut werden.*
4. *Die Arbeit mit Schädel-Hirnverletzten lässt sich in den bisherigen Arbeitsbereich des Hauses Iberg gut einordnen.*

SPEZIELLE VORAUSSETZUNGEN ZUR ARBEIT MIT SCHÄDEL-HIRNVERLETZTEN IM HAUS IBERG

Im Haus Iberg sind folgende Voraussetzungen für eine Arbeit mit dem genannten Personenkreis gegeben:

1. *Räumlich: Für die Arbeit mit dem genannten Personenkreis sind keine umfassenden baulichen Veränderungen erforderlich, sodass auch entsprechend erhebliche finanziell aufwendige Neuinvestitionen unterbleiben. Das Haus Iberg ist in allen Bereichen auf Pflege und Schwerstpflege eingerichtet. Durch lediglich geringfügige bauliche Veränderungen (Umbauten) wird ein Raumprogramm vorliegen, das als Anlage zur Einsicht beigefügt ist.*
2. *Personell: Das Haus Iberg verfügt bereits jetzt über die erforderlichen personellen Voraussetzungen, insbesondere über Fachkräfte der folgenden Ausbildungsrichtungen: Krankenschwestern und Krankenpfleger, Krankengymnasten, Logopäden, Physiotherapeuten, Heilerzieher, einen Psychologen und über einen eigenen Arzt.*
3. *Verwaltungstechnisch: Im Haus Iberg ist bereits eine funktionierende Verwaltung mit weiteren angegliederten Bereichen (Gemeinschaftsküche, Reinigungsbereich, Wäscherei) vorhanden.*
4. *Ideell: Die Führungskräfte des Hauses Iberg vertreten mit anderen entsprechenden Einrichtungen die Auffassung, dass Personen mit erworbenen Hirnschädigungen durch möglichst früh einsetzende intensive fachübergreifende Betreuung und Versorgung am ehesten geholfen werden kann. Erfahrun-*

gen des Therapiezentrums in Burgau sowie anderen Einrichtungen in USA und der Schweiz belegen diese Meinung. Durch gezielte realitätsorientierte Aktivierung sind geschädigte Funktionen zu reaktivieren, wenn ein kooperatives Team an 7 Tagen in der Woche mindestens 12 Stunden pro Tag bereit ist, eine Arbeit mit sozialem Engagement zu leisten. Ein solches Team existiert im Haus Iberg, wovon sich jeder Interessierte per Augenschein überzeugen kann.

KRITERIEN DER VERSORGUNG VON SCHÄDEL-HIRNVERLETZTEN IM HAUS IBERG

Die Arbeit mit Schädel-Hirnverletzten im Haus Iberg ist durch folgende Kriterien gekennzeichnet:

- *ganzheitlich (Rehabilitation einschließlich zustandserhaltender Pflege umfassend)*
- *fachübergreifend (Teamarbeit)*
- *strukturiert (nach Therapieplänen mit Dokumentation)*
- *kooperativ (mit anderen Einrichtungen und Kliniken)*
- *integrativ (mit Angehörigen)*
- *Zusammenarbeit mit Akutkrankenhäusern der Fachrichtung Neurologie/Neurochirurgie*

VERKNÜPFUNG ‚ZUSTANDSERHALTENDE PFLEGE' UND ‚LANGZEITREHABILITATION' IM HAUS IBERG

Dem Bereich der zustandserhaltenden Pflege werden Personen zugeordnet, deren Zustand nach jeweiligem Ermessen auf absehbare Zeit nicht veränderungsmöglich erscheint. Ein solcher Zustand kann bereits während des Stadiums einer Frührehabilitation, im Anschluss an eine Frührehabilitation oder auch während des Stadiums der Langzeitrehabilitation erreicht werden. Dies entspricht praktischen Erfahrungen. In allen Rehabilitationsbereichen (Frührehabilitation und Langzeitrehabilitation) kann sich ein Zustand ergeben, der zunächst und auf absehbare Zeit mit den bis dahin vorhandenen Mitteln und Möglichkeiten nicht weiter verändert werden kann. Um den jeweiligen Zustand nicht in einen Rückschritt zu verwandeln, bedarf es eines erheblichen personellen und apparativen Aufwandes. Ein Patient mit umfangreichen Versteifungen der Gliedmaßen kann nicht mit weniger Krankengymnastik und weniger physiotherapeutischen Maßnahmen versorgt werden in der Hoffnung, dass sich sein Zustand spontan bessern oder zumindest gleichmäßig erhalten wird. Wer zuvor regelmäßig wegen erhöhter Verschleimung im Bronchialbereich abgesaugt werden musste und dessen Zustand zunächst als nicht weiter veränderbar eingeschätzt wird, kann im Bereich der zustandserhaltenden Pflege nicht weniger häufig abgesaugt werden, weil sich damit sein Zustand u. U. lebensbedrohlich verändern würde. Insofern herrschen äußerst fließende Übergänge zwischen allen Bereichen einer Rehabilitation und dem der zustandserhaltenden Pflege. Inhaltlich ist der Bereich zustandserhaltender Pflege am engsten mit dem einer Langzeitrehabilitation verbunden. Aus diesem Grunde ist es wichtiger, die Bereiche Langzeitrehabilitation und zustandserhaltende Pflege miteinander in Verbindung zu sehen, als die beiden Bereiche unbedingt an den Bereich der Frührehabilitation mitzukoppeln. Aus dem gleichen Grunde wird in der vorliegenden Konzeption gleichermaßen der Aufbau einer Abteilung zustandserhaltende Pflege wie eine Abteilung Langzeitrehabilitation festgeschrieben.

ARBEITSBEREICHE

Im Sinne des beschriebenen Angebotes zur Betreuung und Versorgung von Personen mit erworbenen Hirnschädigungen im Haus Iberg ergeben sich folgende Arbeitsbereiche:

1. *Langzeitrehabilitation (weiterführende Rehabilitation)*
2. *Komplementäre Rehabilitation*
3. *Zustandserhaltende Pflege*

ARBEITSZIELE

1. *Langzeitrehabilitation: Im Anschluss an die Frührehabilitation dient diese Phase der Stabilisierung des i. R. der Frührehabilitation Erreichten und der Hinführung zu größerer Eigenkompetenz in rationaler, emotionaler und sozialer Hinsicht.*
2. *Komplementäre Rehabilitation: Rückkehr in die ursprüngliche Umgebung bei relativ oder gänzlich unabhängiger Eigenversorgung; ggf. unter gelegentlicher Mithilfe und Beratung.*
3. *Zustandserhaltende Pflege: Als aktivierende Pflege bei nicht rehabilitationsfähigen Patienten zum Erhalt eines erreichten Lebenszustandes.*

ARBEITSMETHODEN

1. Langzeitrehabilitation

Grundlegende Voraussetzung für alle Maßnahmen während der genannten Phase sind ganzheitliche, intensive und konsequente Aktivitäten, die eine Stimulierung geschädigter Funktionen auf breitester Basis beinhalten. Somit ergeben sich im Verbund miteinander folgende Anwendungen:

- *medizinische Versorgung zur Vermeidung weiterer Schädigungen und zur Koordination bzw. Lenkung einzelner Therapiepläne*
- *Krankengymnastik (z. B. nach Bobath) zur Bahnung verschiedener Bewegungsreaktionen, zur Therapie vorhandener Spasmen, Kontrakturen und Fehlstellungen*
- *Logopädie zur Behebung von Sprach- und Kommunikationsproblemen einschließlich faciooraler Stimulation*
- *Ergotherapie als Selbsthilfetraining und Training der Wahrnehmung und Sensibilität*
- *Physiotherapie zur allgemeinen Stimulation*
- *Heilerziehung zur Aktivierung früherer oder neuer Aktivitäten in Bereichen der Freizeitgestaltung*
- *Beteiligung von Angehörigen, soweit möglich und belastbar*
- *Beschäftigungstherapie zur Aktivierung und Verbesserung körperlicher sowie psychischer Funktionen, von Merkfähigkeit und Konzentration, ggf. unter Einbezug technischer Hilfsmittel*

- *Arbeitstherapie zur Verbesserung der Belastbarkeit als Vorbereitung auf eine berufliche Wiedereingliederung*
- *Sozialtherapie, auch unter Einbeziehung von Angehörigen, zur Reaktivierung von Lebenstechniken*

2. Komplementäre Rehabilitation

Hier bieten sich zum Übergang Wohngemeinschaften an, in denen der Einzelne i. R. einer noch beschützenden Umgebung zunächst vermehrte Selbständigkeit und Selbstsicherheit, soziales Verhalten und Arbeitsverhalten erproben kann. Es schließt sich daran selbständiges Wohnen oder auch ein betreutes Wohnen an. Gerade in diesem Stadium wird die Arbeit mit Angehörigen einen breiten sozialen Raum einnehmen.

3. Zustandserhaltende Pflege

Vom Grundsatz erfolgen hier die gleichen therapeutischen Aktivitäten der Stadien ‚Frührehabilitation' und ‚Langzeitrehabilitation', jedoch in reduzierter Form. Noch nach Monaten und manchmal Jahren können sich mitunter Besserungen zeigen, die dann wiederum ein intensiveres therapeutisches Bemühen auslösen können.

<u>KAPAZITÄT</u>

Im Sinne des eingangs genannten Kriteriums der Ganzheitlichkeit sollen folgende Kapazitäten zur Betreuung und Versorgung von Personen mit erworbenen Hirnschädigungen im Haus Iberg geschaffen werden:

20 Plätze im Bereich Langzeitrehabilitation

20 Plätze im Bereich zustandserhaltender Pflege

12 Plätze im Bereich komplementärer Rehabilitation, jedoch außerhalb des bestehenden Hauses.

AUFNAHMEKRITERIUM

Aufgenommen werden alle Personen mit cerebralen Schädigungen, die durch eine Klinik oder andere Einrichtung nach Akutversorgung zugewiesen werden bei Kostenübernahmeverpflichtung durch den jeweils zuständigen Kostenträger. Eine Auswahl nach Erfolgschancen erfolgt nicht. Grundsätzlich lernen wir die betreffenden Patienten vor Ort vor einer Aufnahme kennen.

THERAPIEPLANUNG

Die Therapieplanung in den Bereichen der Langzeitrehabilitation und zustandserhaltenden Pflege erfolgt unter verantwortlicher Koordination durch einen Arzt in Verbindung mit der Pflegedienstleitung, dem Krankengymnasten, dem Physiotherapeuten und Logopäden. Bei Uneinigkeit entscheidet der Arzt.

In den Bereichen komplementärer Rehabilitation erfolgt die Planung unter Vorsitz eines Heilerziehers.

Eine enge Kooperation in gegenseitigem Respekt vor den unterschiedlichen fachlichen Hintergründen der einzelnen Teammitglieder ist für die beschriebene Arbeit unerlässlich.

THERAPIEKONTROLLE

Sie erfolgt durch

- *wöchentliche fallbezogene Teamkonferenzen*

- *kohärente Verlaufsdokumentation unter Zuhilfenahme verschiedener Skalen und Wertungsmaßstäbe (z. B. ‚Rancho Los Amigos Cognitive functioning scale', ‚Functional Independence Measure', ‚Sensorisches Stimulations-Profil')*
- *Videoaufzeichnungen und Tagesprotokolle*

VORTEILE DES HAUSES IBERG FÜR DIE VERWIRKLICHUNG DER ENTWORFENEN KONZEPTION

Im Haus Iberg sind bereits Grundstrukturen vorhanden, die andernorts neu geschaffen werden müssen:

1. *Die bestehende Verwaltung des Hauses belastet nur anteilig kostenmäßig den Bereich der vorgesehenen Rehabilitation.*
2. *Auch sonstige bestehende Gemeinschaftseinrichtungen (Küche, Wäscherei, Hausreinigung, Sozialdienst, Freizeitdienst, Besuchsdienste, Fahrdienst usw.) sind bereits vorhanden und gehen ebenfalls nur anteilig in die Kostenrechnung des Rehabilitationsbereiches ein.*
3. *Das Haus ist mit allen Räumlichkeiten bereits vollständig auf Pflege ausgerichtet, einschließlich vorhandener Pflegebäder.*
4. *Es stehen lediglich relativ geringfügige ergänzende Investitionen für die Vergrößerung eines Pflegebades, die Beschaffung einer Spezialwanne, die Ausstattung von Zimmern mit Überwachungsgeräten, die Beschaffung einiger EC-Betten sowie die ergänzende Installation eines Aufzugs über 2 Stockwerke an.*

5. *Die notwendigen personellen Voraussetzungen sind bereits gegeben und können weiter geschaffen werden.*
6. *Es liegen bereits Erfahrungen in der Arbeit mit Apallikern vor.*
7. *Es ist bereits eine Arbeits- und Beschäftigungstherapie im Haus vorhanden, die auch mit Werkstätten für Behinderte und freien Betrieben kooperiert, eine gute Voraussetzung für Rehabilitation im ganzheitlichen Sinne.*
8. *Es existiert bereits eine Wohngemeinschaft mit zusätzlichen Beschäftigungsmöglichkeiten im landwirtschaftlichen Bereich.*
9. *Insgesamt geht es lediglich um die Umwandlung einiger Plätze des bisherigen Arbeitsbereiches in Plätze für die qualitative und quantitative Versorgung im Rahmen der Rehabilitation für Personen mit erworbenen Hirnschädigungen.*

KOOPERATION MIT BESTEHENDEN EINRICHTUNGEN UND BEGRÜNDUNG DER KONZEPTION FÜR DAS HAUS IBERG

Das Haus Iberg wird mit allen Kliniken und Einrichtungen zusammenarbeiten, die Personen mit erworbenen Hirnschäden nach der Akutversorgung aus verschiedensten Gründen

- *nicht in nahe gelegene Einrichtungen verlegen können oder*

– personell und ausstattungsmäßig nicht in der Lage sind, einen beim Patienten erworbenen Status weiter zu verändern bzw. zu erhalten.

Nach gegenwärtigen Erkenntnissen erzielen etwa ein Drittel der Schädel-Hirnverletzten im Rahmen einer Akutversorgung deutliche Fortschritte und können z. T. sogar einer weiteren fachlich begleitenden häuslichen Pflege zugeführt werden, während immerhin zwei Drittel für die Bereiche Langzeitrehabilitation und davon mindestens ein Drittel für zustandserhaltende Pflege verbleiben. Somit wird bei ausgebauter Akutversorgung in jeder klinischen Einrichtung mit einer Art Rückstau aus den Bereichen Langzeitrehabilitation und zustandserhaltende Pflege schon im Laufe der kommenden Jahre zu rechnen sein – vorausgesetzt, dass solche Bereiche überhaupt existieren – sodass gerade diese Bereiche wesentlich mehr Aufnahmekapazitäten beinhalten müssen als der Bereich einer Frührehabilitation mit einer Verweildauer von etwa einem Jahr. Ungefähr drei Jahre werden für eine Langzeitrehabilitation angesetzt und für zustandserhaltende Pflege ein begrenzter ‚unbegrenzter' Zeitraum. Gerade für die Bereiche Langzeitrehabilitation und zustandserhaltende Pflege bietet sich deshalb das Haus Iberg zur sinnvollen ergänzenden kooperativen Versorgung für andere Einrichtungen an.

Am 30. Oktober 1990 erkundigte ich mich schriftlich, ob eine Aufnahme von Moritz möglich sei. Am 2. November erhielt ich die Nachricht, dass man ihn und seine Umgebung in Reichenau anschauen möchte, was dann am 16. November geschah. Die Antwort fiel positiv aus und am 31. Januar 1991 konnten wir Moritz per PKW nach Maierhöfen bringen. Nachdem meine Frau am Nachmittag mit der Bahn heimgefahren ist, bin ich noch einige Tage dort geblieben, um das Einleben einigermaßen zu erleichtern. Ich konnte mich umfassend von einer fachgerechten und liebevollen Betreuung überzeugen. Für Moritz war das Ganze natürlich ein stressiger Vorgang – wieder eine neue Umgebung, wieder ein unbekannter Betreuerkreis.

Nun begann ein strukturierter Alltag mit konkreter Zielsetzung und Moritz konnte körperliche Fortschritte erzielen. Ab und zu wurde er sogar in das Familienleben des Therapieleiters eingebunden, was beiderseits Freude bereitete. Leider stellten seine Verhaltensstörungen immer wieder gewaltige Hemmnisse dar.

Inzwischen hatte sich ergeben, dass Moritz' Frau Karin vor ca. zwei Jahren einen Mann kennen gelernt hatte. Einerseits vertiefte sich die Freundschaft, andererseits konnte immer mehr bezweifelt werden, dass Moritz wieder vollständig rehabilitiert werden könne. So reifte in Karin der Entschluss, sich offiziell von Moritz zu trennen. Am 21. Februar 1991 fand dann vor dem Amtsgericht in Tuttlingen die Scheidung statt. Als Betreuer von Moritz sollte ich nun dem Richter angeben, ob ich mit der Scheidung einverstanden sei. Dies war für mich äußerst schwierig, denn ich konnte Karin zwar verstehen, aber sollte ich für meinen Sohn die von ihm geschlossene Ehe aufgeben? Ich gab zur Antwort, dass ich mich dem Antrag nicht widersetze. Ob der Ohnmacht in der ganzen Situation musste ich weinen. Wir hatten beschlossen, Moritz zunächst nichts mitzuteilen.

Meine Frau und ich hatten den Kontakt zu Karin nicht abgebrochen und zu seinen beiden Buben ein möglichst herzliches Verhältnis aufgebaut. Wie schön war es, als zuerst der eine, später auch der andere vorne auf dem Kindersitz meines Fahrrades mich begleitete; wie erzählten wir unterwegs Geschichten, sangen und schmusten oder zählten einfach nur Schachtdeckel! Wie toll war es, bei einer gemeinsamen Bootsfahrt auf der Donau den Opa nass zu machen – nass bis auf die Haut! Und wie oft haben wir im Wald oder der näheren Umgebung Erkundungen gemacht.

Beide haben Moritz' Talent als Skifahrer geerbt – doch der Vater war nicht zu erreichen! Nicht nur, dass Moritz sehr viele Disziplinen exzellent beherrscht hatte: Er war sowohl im Abfahrts- und Langlauf als auch auf Skitouren und beim Skiballett daheim. Dazu hatte er auch hier von Anfang an seinen Erfindungsgeist spielerisch wirken lassen, zum Beispiel befestigte er als ca. Zehnjähriger auf einem normalen Alpinski zwei Bindungen. Nach einigen Übungen führte er ca. zwei Jahre später mit diesem ‚Monoski' Abfahrten vom Nebelhorn nach Oberstdorf durch. Zur optimalen Ausbildung der beiden Buben habe ich Michael, später dann auch Florian, jeweils noch bevor sie zur Schule kamen für eine Woche zu einem Skikurs ins Gebirge mitgenommen.

Immer wieder habe ich ihnen von gemeinsamen Bergtouren mit Christian, dem Schulfreund von Moritz, erzählt: Wie er bei einer Durchquerung der Silvretta sein selbst gebasteltes Segelflugzeug mit ca. 1,5 m Spannweite mitgenommen hatte und beim Aufstieg zur Tübinger Hütte den Segler seinem Element überließ. Lange hatten wir den eleganten Flug beobachtet, bis der Vogel irgendwo verschwand. Wie wir ein paar Tage später – ohne Not, nur so aus Spaß – unter einem Felsvorsprung in ca. 2.400 m Höhe bei sternenklarer Nacht biwakiert hatten, für uns alle ein tiefes Erlebnis!

Es gab ja so viel zu erzählen von Vaters buntem Leben! Unter anderem, wie er mit Christian das Drachenfliegen begonnen hatte und wie ich später bei der Hochzeit von Karin und Moritz zu diesem wunderschönen Sport animiert wurde. Bis heute dauert eine treue Kameradschaft an.

Ich hatte gehofft, dass diese Informationen und Maßnahmen bei allen dreien – beim Vater und den Söhnen – in gewissem Maße sich irgendwie positiv auswirken würden. Die Söhne sollten ein differenziertes Bild vom Vater erhalten und ich konnte mir vorstellen, dass Moritz indirekt die Episoden erreichen und positiv berühren würden. Ich dachte gewissermaßen an ein mentales Zirkeltraining.

Einmal habe ich den fünfeinhalbjährigen Michael zu einer zweitägigen Bergtour mitgenommen. Er war sehr stolz und erfreut. Bei jeder Gelegenheit erzählte er: „Beim

Heimfahren besuchen wir meinen Papa." Für mich war es so schön, mit ihm die Vorfreude zu teilen! Als wir am frühen Nachmittag mit größter Zuversicht im ,Haus Iberg' ankamen und Moritz bestens versorgt war, wäre einem angenehmen Besuchstag nichts im Wege gestanden. Doch bei unserer Ankunft zeigte sich Moritz auf das Äußerste erregt. Mit keinem Mittel war er zu beruhigen. Wir hatten ihm Zeit gelassen, sich abzureagieren; wir wollten ihn nicht drängen, nicht vor den Kopf stoßen. Doch er war absolut nicht zu besänftigen, zerriss sich seine Kleider, und als ich eingreifen wollte, biss er mich heftig in den Arm. Die körperlichen Schmerzen waren wesentlich geringer als die seelischen – doch was ist im Herzen von Michael vorgegangen? Wie tief waren die Eindrücke im Unterbewusstsein eines Kindes und hatte der Vater nicht noch viel intensiver unter seinen Zwängen gelitten? WARUM konnte niemand die Verhaltensstörungen zügeln? Warum?

Auf Empfehlung des anwesenden Therapeuten sind wir zwei – Enkel und Großvater – irgendwann gegangen. Konnte es sein, dass Moritz indirekt, im Unterbewusstsein, mit einem siebten Sinn wahrgenommen hatte, dass Karin nicht mehr seine Frau war? Hatte er – bedingt durch das hirnorganisch bedingte Defizit an körperlichen Fähigkeiten und Kenntnissen, innere geistige Kräfte erworben? Wie schwierig musste es dann für eine so zerrissene Persönlichkeit sein, sich zu orientieren, alles auf die Reihe zu bringen?

Die Besuche seiner Eltern fanden regelmäßig über das Wochenende statt. Die Kooperation mit meiner Frau war relativ friedlich, sie ist sehr feinfühlig, konnte ihn beeinflussen, wenn er tobte, oft konnte sie die Entwicklung in diese Richtung bereits erahnen und ihn ablenken. Entfernungsbedingt waren die Besuche seiner Freunde weniger häufig, doch wenn, dann war die burschikose Umgangsform für Moritz bestimmt wohltuend.

In Verwirklichung des Therapiekonzeptes von Iberg erfolgte kooperative Rehabilitierung. Vordergründig waren dies krankengymnastische Maßnahmen. Eine positive Entwicklung zeigte sich vor allem beim Gehen, das nach wie vor nur mit Unterstützung möglich war, und beim Rollstuhlfahren. Die hirnorganisch bedingten Lähmungen im Halsbereich konnten jedoch weniger beeinflusst werden und begründeten die wesentlichen Einschränkungen beim Sprechen, Essen und Trinken. Eine vollständige Inkontinenz war nach wie vor gegeben. Die Verständigung erfolgte mit der Buchstabentafel.

Die Zuwendungen des gesamten Personals waren optimal und die Anstrengungen der Therapeuten loteten immer die Grenze des physikalisch Machbaren und der Toleranz von Moritz aus.

Moritz mit Herrn Rauer, dem Pflegedienstleiter
(Foto: Haus Iberg)

Unser Kontakt zu der gesamten Einrichtung, den Ärzten, Psychologen und der Verwaltung war gut und wir haben immer wieder unsere Zufriedenheit zum Ausdruck gebracht. Wie ein Blitz aus heiterem Himmel überraschte mich dann ein Brief vom 8. Oktober 1991 aus Maierhöfen.

8.10.1991

Sehr geehrter Herr Class,

wir haben in unserem Hause vor gut einem Jahr mit der Versorgung und Rehabilitation von Schädel-Hirnverletzten begonnen. Der Träger des Hauses Iberg hatte sich seinerzeit in Privatinitiative zu diesem Schritt entschlossen, nachdem gerade für diesen Personenkreis ein großer Bedarf an qualitativer Betreuung gegeben ist, der auch immer wieder von Ministerien zum Ausdruck gebracht wurde.

Nach einem Jahr engagierter Tätigkeit im genannten Bereich ergibt sich für unser Haus die Entscheidung, ob wir die mit großem Einsatz begonnene Arbeit weiterführen sollen oder beenden müssen. Letztlich ist für eine solche Entscheidung wieder einmal das Finanzielle ausschlaggebend.

Der AOK-Landesverband in München (Sachbearbeiter: Herr Ge...) als federführend für die gesetzlichen bayrischen Krankenkassen ist noch immer nicht bereit, einen entsprechenden Versorgungsvertrag mit unserem Haus abzuschließen, der alleine die Arbeit mit Schädel-Hirnverletzten sicherstellen könnte. Folgende Gründe werden zur Ablehnung angeführt:

- unser Haus sei zu abgelegen
- es fehle die unmittelbare Nähe zu einer neurologischen Klinik
- die Mitarbeit Angehöriger sei wegen des Standortes beeinträchtigt
- das Behandlungsangebot sei nicht durchdacht

Die angeführten Gründe entsprechen einem seit langem bestehenden Vorurteil zuständiger Gremien Häusern gegenüber, die nicht in das Denkschema entscheidender Personen passen. Insbesondere ist der letzte Punkt völlig unverständlich, weil sich unser Behandlungskonzept mit dem der Modelleinrichtung in Burgau deckt. Es ist uns bisher nicht gelungen, eine Einstellungsänderung bei den Krankenkassen zu erreichen.

Wer bereits schädel-hirnverletzte Angehörige in unserem Haus betreuen ließ, weiß, welcher personelle und materielle Aufwand notwendig ist, um eine aktivierende Versorgung dieses Personenkreises sicherzustellen. Ein Großteil der Kosten sind für den Personalbereich zu berücksichtigen, weil nach unserer Auffassung eine qualifizierte Versorgung nur mit einem Personalschlüssel 3 : 1 gewährleistet ist. Insofern gehen von 614 DM täglichen Kosten im Bereich der Langzeitrehabilitation rund 500 DM täglich zu Lasten von Personalkosten. Der übliche Pflegesatz für unser Haus im Bereich normaler Pflege beträgt lediglich 113,20 DM. Dieser Pflegesatz beinhaltet jedoch einen Stellenschlüssel von 1 : 3.

Unsere Arbeit können wir nur dann weiterführen, wenn sich die Krankenkassen kurzfristig zu einem Versorgungsvertrag mit unserem Haus entschließen können. Dazu besteht jedoch keine Bereitschaft. Mit Datum vom 25.09.1991 wurde uns ein neuerlicher Ablehnungsbescheid zugeschickt. Unser Hilfsangebot zu einer guten Versorgung von Schädel-Hirnverletzten im Bereich Westallgäu scheitert an Formalien, die nicht die Bedürfnisse

von Menschen berücksichtigen, sondern abstrakte Festlegungen zum Versorgungsmaßstab erheben.
Aus den genannten Gründen müssen wir nunmehr die begonnene Arbeit beenden und können keine weiteren Personen mit Schädel-Hirnverletzungen mehr bei uns aufnehmen. Gleichermaßen entsteht die bedauerliche Zwangslage, dass wir noch verbliebene schädel-hirnverletzte Personen in unserem Hause dem Bereich der üblichen Pflege zuführen müssen, was eindeutig eine geringere Versorgung und Aktivierung mit sich bringt. Aus Mangel an Geld kann der Träger des Hauses Iberg keine andere Entscheidung treffen.
Sollten Sie als betroffener Angehöriger eine bessere Unterbringungsmöglichkeit finden, bitten wir Sie herzlich darum, Ihrem Angehörigen diese bessere Versorgung zukommen zu lassen. Der Träger des Hauses Iberg verfügt leider nicht über eine Lobby in der Öffentlichkeit, die über Presse, Funk und Fernsehen entsprechenden Druck auf die entscheidenden Stellen ausüben könnte, wobei auch von einer Zwangslage betroffene Angehörige ihrem Versicherungsträger oder übergeordneten Stellen gegenüber vorstellig werden können.

Mit freundlichen Grüßen
Haus Iberg
Prof. Dr. Schmitt

Ich befand mich seit Kurzem in einer psychosomatischen Klinik zur stationären Behandlung. Von dort aus teilte ich mein Bedauern mit und bot meine Unterstützung als Mitglied des Selbsthilfeverbandes ‚Schädel-Hirn-Patienten in Not' an, meine Verbindung zu dem damaligen bayerischen Sozialminister Dr. Glück zu nutzen. Ich ließ auch wissen, dass unsere ortsansässige AOK (Baden-Württemberg) sich ohne Einschränkung sehr zuvorkommend verhalten und auch die Kostenübernahme bis Ende Januar 1992 genehmigt habe. Das Antwortschreiben war nicht sehr beruhigend.

22.10.1991

Sehr geehrter Herr Class,

freundlichen Dank für Ihren verständnisvollen Brief vom 19.10.1991. Herzlichen Dank auch für Ihre Bereitschaft, an einer Problemlösung mitzuwirken.
Die gegebene Problemlage ist allerdings für uns ausschließlich auf bayrischem Gebiet zu lösen. Der staatliche Eigennutz in Bayern, der in Gesprächen immer wieder zum Ausdruck kam, beschränkt sich alleine auf Lösungen für bayrische Bürger und nicht für solche außerhalb Bayerns. Um die Sachlage zu kolportieren: Jeden Anruf aus Baden-Württemberg würden die bayrischen Krankenkassen als Einmischung in ‚Innerstaatliche Angelegenheiten Bayerns' ansehen, woraufhin sie noch mehr blockieren würden, als dies ohnehin der Fall ist.
Trotz des Schreibens, das Sie erhalten haben und mit Ihnen andere Angehörige von Apallikern, werden wir

selbstverständlich weiterhin die Angelegenheit den Kassen gegenüber durchzufechten versuchen, auch dem bayrischen Sozialministerium gegenüber weiterhin vorstellig werden. Vor einiger Zeit hat auch der Bezirk Schwaben als überörtlicher Kostenträger im Sozialhilfebereich wohlwollende Bereitschaft signalisiert, an einer Kostenregelung für die qualitative Betreuung von Apallikern mitzuwirken. Von dort wurde uns allerdings realistisch bedeutet, dass eine solche Lösung ansatzweise frühestens in der zweiten Hälfte des 1. Halbjahres 1992 zu erwarten sei, weil zahlreiche Gremien eingeschaltet werden müssten.
Wir werden insgesamt unser Ziel so rasch nicht aufstecken. Wir mussten jedoch auch dafür Vorsorge treffen, dass wir in absehbarer Zeit dieses Ziel nicht erreichen können, obwohl wir bereits seit langer Zeit daran arbeiten.
In erster Linie wollten wir jedoch mit diesem Schreiben die bayrischen Angehörigen ‚mobilisieren'.

Mit freundlichen Grüßen
Haus Iberg
Prof. Dr. Schmitt

Die Therapiemaßnahmen wurden weitergeführt und wir besuchten Moritz nach meiner Klinik-Rückkehr wieder regelmäßig. Am 18.12.1991 erhielt ich ohne jegliche Vorwarnung einen Telefonanruf von Dr. Lauken, dem Psychologen von Iberg, mit der Aufforderung, Moritz sofort abzuholen. Auf meine Verwunderung, WESHALB, erhielt ich die Auskunft, dass er so heftig tobe, dass niemand in der ganzen Einrichtung bereit wäre, sich ihm überhaupt

zu nähern – jedem sei seine eigene Unversehrtheit wichtiger, als eine Versorgung von Moritz.
WAS war tatsächlich vorgefallen? Hatte man den Bogen bei der Gymnastik überspannt und hatte Moritz seine Grenzen, seine Möglichkeiten real eingeschätzt und entsprechend ‚definitiv' reagiert? Oder hatte man sich einer bürokratischen Übermacht gebeugt?
Wiederum erhielt unsere Familie einen Tiefschlag, gegen den es keinerlei Gegenmaßnahmen gab. Völlig ohnmächtig waren wir – ohne Macht im wahrsten Sinne!

Das PLK Reichenau musste wieder herhalten, so traurig dies auch war. Kein Mensch wusste einen anderen Ausweg, schon gar nicht auf die geforderte Schnelle. So fuhren wir am 19. Dezember 1991, fünf Tage vor Weihnachten, als weit und breit traurigstes Häuflein wieder von Maierhöfen nach Reichenau zurück. H. Rauer, der Therapieleiter des ‚Haus Iberg', begleitete uns.

WAS war inzwischen geschehen? Wir – meine Frau und ich – waren so erschöpft, wir konnten nicht mehr kämpfen, nur noch zuschauen. Am schlimmsten war jedoch Moritz' Gesichtsausdruck, in welchem sich Angst, Resignation, Wut und totale Depression spiegelten. Wir alle waren total verzweifelt.

Für ihn begann jetzt wieder der trostlose Aufenthalt in der Psychiatrie, für ihn, den hilflosen, innerlich zerrissenen Menschen, der total seiner Umgebung ausgeliefert war. Uns blieb kaum mehr übrig, als ihn möglichst oft zu besuchen. Das heißt, meine Frau fuhr wieder unter der Woche mit der Bahn nach Reichenau, ich per

Pkw meistens übers Wochenende, seine Geschwister und Freunde sporadisch. Die ersten Wochen in der Aufnahmestation waren Psychiatriebetrieb, das heißt Ruhigstellung mittels Medikamenten, Erledigung der erforderlichen Körperpflege und Nahrungszufuhr; keinerlei Therapie. Geistige Anregung bzw. Unterhaltung reduzierte sich auf die Atmosphäre innerhalb der Station.

Am 20. Januar 1992 wurde Moritz in ein anderes Haus verlegt und damit begann eine – wenn auch minimale – Gymnastik. Die hübsche Therapeutin war für Moritz ein erfreulicher Auftrieb während dieser kurzen Zeit. Eine engagierte und menschlich sehr aufgeschlossene Sozialarbeiterin war uns weitestgehend behilflich. Soweit fand ein Tagesablauf statt, wobei Moritz adäquat versorgt wurde; praktisch eine zustandserhaltende Pflege. Mehr konnten wir momentan nicht erwarten, weder wir, seine Eltern, noch Moritz. Meine Frau und ich waren in gewissem Sinn entlastet; Moritz mit seinem in die Ferne gerichteten Gesichtsausdruck schien sehr deprimiert zu sein.

Die Option der Aufnahme im Behindertenheim Rappertshofen war immer noch aktuell. Aber irgendwie fehlte die Energie, die Aufnahme zu forcieren. Wir befanden uns in einer inaktiven Unruhe. Verschiedentlich hatte ich diese unterbrochen, indem ich Möglichkeiten außerhalb der Schulmedizin suchte. Eine Anfrage bei Dr. Dennison (USA), dem Verfasser des Buches ‚Befreite Bahnen', welches hirnbedingte Energieblockaden anspricht, blieb unbeantwortet. Ein Geistheiler aus dem bayerischen Raum hat mir drei Termine genannt, an denen er sich in unsere Situation ‚einklinken' könnte. Leider war keine Reaktion zu verzeichnen. Meinen Freund Franz, den Professor der Neurochirurgie, konnte ich für eine Anfrage bei seinen Kollegen in der Albert-Ludwigs-Universität Freiburg gewinnen. Die Antwort ergab, dass früher stereotaktische Eingriffe durchgeführt wurden (durch ein kleines Bohrloch in der Schädeldecke punktförmig genaues Berühren eines bestimmten Gebietes im Hirn), diese aber seit dem Fall Bartsch 1975/76 nicht mehr durchgeführt wurden. Mir persönlich hat die Lektüre der Bücher von Frau Dr. Lukas, der Leiterin des Institutes für Logotherapie, und die schriftliche Verbindung zu ihr am meisten geholfen, doch Moritz hatte davon praktisch keinen Nutzen – oder vielleicht doch – indirekt?

So schleppte sich das Jahr 1992 hin. Am 15. Dezember 1992 wurde Moritz auf Veranlassung der Ärzteschaft vom PLK als Pflegefall eingestuft. Für mich hatte dies zur Folge, dass nunmehr nicht die Krankenkasse (seither immer loyal) für die Kosten seiner Versorgung zuständig war, sondern der Landeswohlfahrtsverband (LWV). Nun war auch ich als sein nächster Verwandter zur Kostenbeteiligung veranlasst. Für Moritz bedeutete dies, dass die Therapie zunächst eingeschränkt, später beendet wurde. Ende Juni 1993 wurde er in die geriatrische Station in einem anderen Haus verlegt. Die ganze Atmosphäre war trostlos und es herrschten unter anderem auch unschöne Zustände. So war ich beispielsweise einmal Zeuge, wie ein Arzt, den Rücken Moritz zugewandt, sich laut und deutlich mit jemandem sehr negativ über Moritz unterhielt. Dessen Reaktion war verständlicherweise äußerst heftig; daraufhin reagierte der Arzt: „Hier sehen Sie es!“ Meine Frau kam einmal dazu, als die Stationsschwester einen Ausraster von Moritz immer mehr steigerte, indem sie ihn reizte wie einen räudigen Hund. Dürfen solche Vorkommnisse in einem Fachkrankenhaus geschehen? Ist es da nicht zu verstehen, dass Moritz fast täglich seine erreichbare Kleidung zerriss? Meine Frau hatte mit unendlicher Geduld wieder vieles zusammengeflickt.

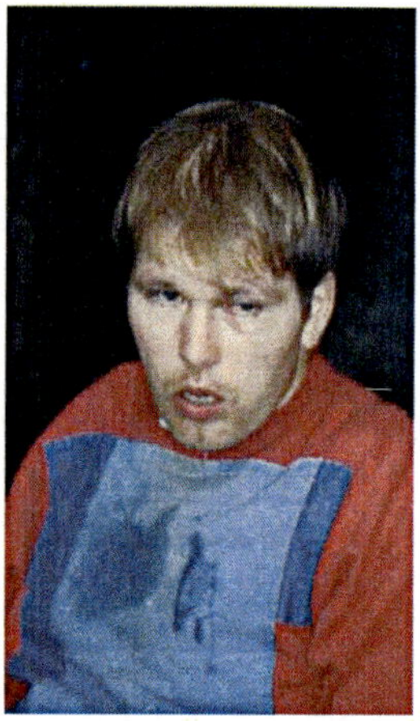

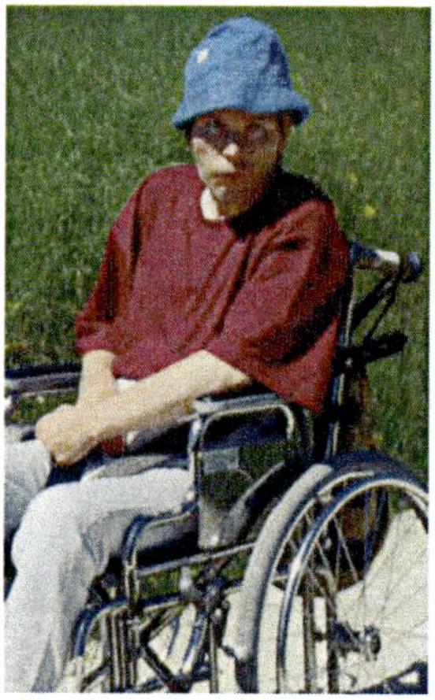

Allmählich wurde Moritz immer teilnahmsloser, ließ deprimiert den Kopf hängen. So wurde die glorreiche Idee geboren, tagsüber seinen Kopf am Rollstuhl zu fixieren. Auf mein Veto hin wurde dies unterlassen. Ich – als psychiatrischer Laie, aber ausgestattet mit gesundem Menschenverstand und etwas Kreativität – konnte ein Kopfheben veranlassen, indem ich Moritz bei Rollstuhlausfahrten fragte: „Wie hoch wird wohl dieser Industriekamin sein?“ oder „Was ist dies für ein Flugzeug?“ (In unmittelbarer Nähe starteten immer wieder Kleinflugzeuge vom Flugplatz Konstanz.) Seine Antwort auf der Buchstabentafel konnte dann beispielsweise lauten: „Das ist eine Cessna, die macht einen Bodenseerundflug.“ Der Kopf wurde angehoben – sehr gut! Die Erkenntnis, was für ein Flugzeugtyp – noch besser! Am allerbesten die Kombination, was das Flugzeug durchführt. Leider folgte darauf die Rückseite der Medaille: Auf alle anschließend gestellten Fragen kam die Antwort wie konserviert: „Das ist eine Cessna, die macht einen Bodenseerundflug.“ – Wie wenn eine defekte Schallplatte den ‚ewigen Umlauf‘ hat. Dieser Vorgang kann als typisches Beispiel für seine differenzierten Schwierigkeiten dienen.

Es blutete das Herz, verglich man seine aktuelle Situation, in der er zu vollkommener Passivität verurteilt war, mit seinem früheren hyperaktiven Leben, voll von Kreativität und Unternehmungslust. So erforderte auch bei ihm das Drachenfliegen den ganzen Menschen, körperliche Fitness, genaue Kenntnis der meteorologischen und sonstigen physikalischen Zusammenhänge, eine konsequente Disziplin und vor allem eine gute Portion Unternehmungslust. Wie oft hatte er damals – vor nun über fünf Jahren – allein, mit Freunden oder mit mir, seinem Vater, wunderschöne Flüge erleben dürfen – an unserem Hausberg am Fuß der Schwäbischen Alb, im Schwarzwald, in den Vogesen oder den Alpen.

Oft waren auf diesen Ausflügen auch seine Frau und sein kleiner Sohn mit dabei und die Geselligkeit wurde immer groß geschrieben. An wie viele Episoden konnte sich Moritz in seinem jetzigen diffusen Zustand erinnern? An genussreiche Stunden, an Gelegenheiten, die besondere Besonnenheit erforderten, an schwierige Situationen, die er immer mit Bravour meisterte?

Moritz fotografiert seinen Vater vom Drachen aus hoch über dem Rhein bei Liechtenstein

Wie damals zum Beispiel, als wir (Moritz, Christian und ich) uns in der Nähe des Comer Sees an einem verlängerten Wochenende vergnügten. Moritz machte einen längeren Überlandflug. Bei der Rückkehr erkannte er auf kurze Distanz dünne, kaum sichtbare Stahlseile, die zu Holzmacherarbeiten installiert waren. Zwei oder drei Mal sah er diese Seile nur wenig unter sich. Hätten diese sich nur ein kleines Stück höher befunden, so wäre ein rechtzeitiges Ausweichen kaum möglich gewesen. Eine gefährliche Situation! In Befürchtung, dass es noch mehr Seile gäbe, hatte er schnell eine Kurve geflogen und auf einem hohen Baum eine Notlandung durchgeführt (eine geeignete Fläche für eine ordentliche Landung war weit und breit nicht vorhanden). Mittels der Schnüre seines Fallschirms hatte er sich bis zum Erdboden abgeseilt (für ihn als geübten Bergsteiger kein Problem) und zu Fuß das nächste Gehöft aufgesucht. Von dort hatte er dann Christian im Drachenfliegerstützpunkt angerufen. Damals gab es noch kein Handy. Dieser ist dann mit mir auf die Suche gefahren, wir konnten Moritz bald finden und den Drachen bergen.

Es wird für immer unbekannt bleiben, ob diese Erlebnisse Moritz in den schweren Stunden mit voller Klarheit begleiteten. Wenn ja, bereiteten die Erinnerungen ihm Freude oder lösten sie Wut aus beim Vergleich mit seiner Situation als Behinderter? Wenn nein, musste dann nicht sein Unterbewusstsein aufs Härteste belastet gewesen sein?

Die Zeit ging weiter. Der Alltag und die Perspektiven blieben für Moritz trostlos. Meine Frau und ich konnten uns helfend in seine Situation einbringen, indem wir unermüdlich unsere Liebe darbrachten und Zeit opferten.

Es wurde bereits dargestellt, wie ich im Sommer 1989 begonnen hatte, die Politiker unserer Umgebung auf das bestehende Versorgungsdefizit aufmerksam zu machen, und wie etwa ein Jahr später in München der Selbsthilfeverein ‚Schädel-Hirn-Patienten in Not' gegründet wurde. Da erhielt ich Kenntnis über den bereits bestehenden Selbsthilfeverein ‚CERES' in Tübingen. Im Herbst 1990 wurde ich auch dort Mitglied.

Bei dessen Gründung hatten sich einige Personen getroffen, die aus verschiedenen Gründen die Idee verfolgten, Hirnverletzten, cerebral geschädigten Menschen, zu helfen. Unter ihnen war Dr. Benz, damals Obermedizinalrat an der Neurologischen Klinik und Hirnverletztenkrankenhaus in Tübingen. Seine Rede vom 24.06.2006 anlässlich des 20-jährigen Gründungsjubiläums ruft in Erinnerung, wie es seinerzeit zur Vereinsgründung kam:

Vielleicht erinnern sich noch einige der Anwesenden, dass es in Tübingen auf dem Denzenberg eine ‚Neurologische Klinik und Hirnverletztenkrankenhaus' gab – eine Klinik mit wechselvoller Geschichte. Erbaut als Standort-Lazarett, kurzzeitig Uni-Klinik, u. a. Gründungszelle der Berufsgenossenschaftlichen Unfallklinik Tübingen unter Prof. Creutz, französisches Lazarett Emil-Roux, Versorgungskrankenhaus. Und seit einigen Jahren beherbergt das repräsentative Gebäude Institute der Universität Tübingen.

In diesem ‚Versorgungskrankenhaus' wurden über Jahrzehnte bis 1986 Schwersthirngeschädigte, Rückenmarksverletzte, Patienten mit peripheren Nervenschäden behandelt, wobei es sich bei dem Patientenklientel vorwiegend um Kriegsbeschädigte, aber auch um Patienten der Bundeswehr und von Krankenkassen handelte. Unter den Patienten waren auch Schwerstpflegefälle, die mit hohem pflegerischen und ärztlichen Aufwand versorgt und betreut wurden, aber auf Grund der Schwere des Krankheitsbildes nicht in Pflegeeinrichtungen verlegt werden konnten.

Ab Mitte der 70-er Jahre wurde das Notarztsystem und Rettungswesen ständig qualitativ und quantitativ ausgebaut. Ein Segen für die Bevölkerung! Aber die mit der Reanimation verbundenen negativen Entwicklungen sollten sich alsbald zeigen. Die Zahl der ‚Wachkomapatienten' beziehungsweise von Patienten mit apallischem Syndrom stieg ständig an. Die Intensivstationen der Schwerpunktkrankenhäuser drohten ‚vollzulaufen', da eine Verlegung dieser Patienten in qualifizierte Nachsorge-Einrichtungen praktisch nicht möglich war.

In Kontakt mit der Chirurgischen Universitäts-Klinik Tübingen (Prof. Kieninger) und anderen Kliniken erklärte sich das Versorgungskrankenhaus Tübingen bereit, einzelne derartiger Patienten aufzunehmen. Die Folge war der Ausbau einer ‚Intensiv-Pflegestation' mit zehn Betten. Auch heute noch bin ich überzeugt, dass dort unter den gegebenen Bedingungen ordentliche Arbeit geleistet wurde.

Die Versorgung von Patienten mit apallischem Syndrom wurde jäh durch den Beschluss der Landesregierung be-

endet, die Klinik zum Ende des Jahres 1986 zu schließen. Und nun begannen die Schwierigkeiten!
Die Verlegung dieser hoch pflegebedürftigen Patienten in andere qualifizierte Einrichtungen bereitete unglaubliche Schwierigkeiten. Mit dem Leitenden Arzt des Landesversorgungsamtes suchten wir persönlich Klinik-Chefs auf und erhielten durchweg eine Ablehnung. Schließlich war es nur mit Unterstützung der Sozialministerin, Frau Schäfer, möglich, die letzten Patienten unterzubringen. Dabei äußerte einer der Klinikchefs, dass ihm „Patienten aufs Auge gedrückt" würden und – in seinem Sinne konsequenterweise – hat er über Jahre hinweg einen Patienten bei Visiten nicht beachtet.
Die Erfahrungen, dass praktisch niemand sich für die fachgerechte Betreuung dieses Patientenklientels verantwortlich fühlte, verdeutlichte uns nachhaltig, dass dieser unbefriedigende Zustand nicht verantwortet werden konnte und Privatinitiative gefordert war – so schwierig diese Aufgabe auch war und bis heute geblieben ist. Zwar sind in den vergangenen zehn Jahren Verbesserungen eingetreten. Aber vieles ist unbefriedigend geblieben. Grundsätzlich wäre zu wünschen, dass die Versorgungskette von der Intensivversorgung über die Frührehabilitation bis hin zur Intensivpflege in einer Hand verwirklicht wird, um unnötige Zeitverzögerungen zu vermeiden, alle Möglichkeiten der Rehabilitation auszuschöpfen und den Angehörigen die Gewissheit zu vermitteln, dass ‚ihr' Patient optimal versorgt wird, zumal die jeweiligen Familien von dem Schicksalsschlag hart betroffen sind. Ich bin der Auffassung, dass, wenn Intensiv-

medizin und Rettungswesen immer weiter ausgebaut werden, wir uns bei der Langzeitversorgung von Wachkoma-Patienten nicht aus der Verantwortung stehlen können. Vielleicht sollte die Einrichtung eines unabhängigen Ombudsmanns erwogen werden. Bei zunehmender Zahl von Wachkoma-Patienten und enger werdenden finanziellen Spielräumen ist zu erwarten, dass sich die Betreuungssituation dieser Patienten in Zukunft eher verschlechtern wird.

Die Schließung des Versorgungskrankenhauses im Jahr 1986, die mangelhafte Versorgungssituation und die Hilflosigkeit der Angehörigen von Wachkoma-Patienten sowie die unzureichende Unterstützung durch die politisch Handelnden führte zwangsläufig zur Gründung einer Interessengemeinschaft mit dem Ziel, auf diese Mängel hinzuweisen und Abhilfe zu schaffen. Dieser Aufgabe fühlt sich CERES bis heute und in Zukunft verpflichtet.

Mein Dank gilt allen, die in den vergangenen 20 Jahren uneigennützig und ehrenamtlich mitgearbeitet haben und die für ihren Einsatz oft wenig Anerkennung erfahren haben.

Mein Dank gilt auch der Klinik Bad Sebastiansweiler, die sich für die Pflege von Wachkoma-Patienten geöffnet hat – und ich bin sicher – an dieser Aufgabe weiter wachsen wird.

Dr. Hans Ulrich Benz
Leitender Medizinaldirektor a. D.
Ehrenvorsitzender von CERES e.V. – Tübingen

Die Ziele von CERES waren und sind bis heute:

- Verbesserung der medizinischen und pflegerischen Versorgung von Menschen mit schweren Schädel-Hirnverletzungen und anderen cerebralen Defektzuständen
- Erweiterung des Angebots in den Bereichen (Früh) Rehabilitation und Dauerpflege
- Unterstützung bei der Vermittlung von Therapie- und Pflegeplätzen
- Hilfeleistung bei medizinischen und sozialrechtlichen Fragen
- Persönliche Betreuung von Patienten und Angehörigen
- Einzelfallhilfe durch finanzielle Unterstützung
- Öffentlichkeitsarbeit (Aufmerksamkeit wecken für die Probleme der Betroffenen – Aktivierung von Hilfe)
- Kontakte zu Politik, Verbänden und Institutionen

Vielfältige und differenzierte Aktivitäten wurden unter anderem mit der Einrichtung einer Station für die Pflege von Wachkomapatienten in der Klinik Sebastiansweiler im Jahr 2004 belohnt. Doch wie schwierig die gesamte Situation ist, zeigt der Fall Moritz sehr deutlich.

Am 27. November 1990 fand in Tübingen ein Vorgespräch zur Planung einer ‚CERES-Klinik' statt. Zu einem Kreis von ca. 20 Personen aus verschiedenen Einrichtungen (u. a. Sozialministerium, Landeswohlfahrtsverband, Diakonie, Caritas, Politik, AOK, Rechtsanwälte) war auch ich eingeladen. Für mich hatte dieses Treffen die wesentliche Bedeutung, mit Herrn Dr. Schädler, dem Chefarzt der St. Lukas-Klinik der Stiftung Liebenau, ein persönliches Gespräch über die Situation von Moritz führen zu können.

Die Stiftung Liebenau geht zurück auf Wilhelm Adolf Aich von der Kaplanei St. Johann in Tettnang. Seine Wahrnehmung der unbefriedigenden Zustände in den Armenhäusern und im Spital veranlassten ihn zur Hilfeleistung. 1863 bemühte er sich bei den Behörden um die Einrichtung eines Krankenhauses für ‚chronisch und ekelhaft Leidende', was auf Ablehnung stieß. Den Ausweg suchte und fand er in einer privaten Stiftung, dem St. Johann-Verein, den der tatkräftige Kaplan „mit Zähnen und Klauen gegen staatliche und oberhirtliche Einflüsse" verteidigte. Die Idee ‚In unserer Mitte – der Mensch' ist das tragende Element der Stiftung seit der Gründung 1870 bis heute. Die ‚Pfleg- und Heilanstalt für chronisch Kranke' verwirklicht die ‚geistliche und leibliche Pflege' über viele Stürme der Zeiten hinweg.

Diese Einrichtung hatte ich damals, bei meiner intensiven Suche nach einem Heimplatz, als bei uns zu Hause alles zusammengebrochen war, auch angeschrieben. Die abschlägigen Antworten spiegeln die damalige Situation: Es gab weder einen Platz noch die fachliche Möglichkeit einer speziellen Versorgung von Patienten mit erworbenen Hirnschäden.

Doch allmählich taute das Eis auf. Lag es einfach an der Luft, dass jemand dieses Versorgungsloch erkannte und bereit war, einen schwierigen Personenkreis einzugliedern, auszuhalten und in Würde vor Schaden zu bewahren? Oder war mein Gespräch mit Dr. Schädler in Tübingen der Anlass für die ‚Wende'? WELCHE Fügung war es, dass ich nach sieben Jahren erstmals ein positives Schreiben erhielt?

Dr. Schädler äußerte im Oktober 2008: „Wir fühlten uns einfach in der Pflicht, eine spezifische Versorgung in einer speziellen Station zu verwirklichen."

18.11.1994

Sehr geehrter Herr Class,

auch wenn Sie von der Stiftung Liebenau, vom Bereich der St. Gallus-Hilfe (Heimbereich für Behinderte) oder von der St. Anna-Hilfe (Heimbereich für alte Menschen) für Ihr Anliegen eine ‚Absage' erhalten haben sollten, haben wir, die St. Lukas-Klinik als Teil der Stiftung Liebenau, Ihr Anliegen nicht vergessen. Wir planen für das kommende Jahr einen Bereich zu schaffen für schwer Cerebralgeschädigte. Deshalb möchten wir Sie fragen, ob Ihr Heimaufnahmeantrag für uns noch aktuell ist und von Ihrer Seite aufrechterhalten wird. Für Ihre Antwort sind wir dankbar.

In Abstimmung mit dem Vorstand der Stiftung Liebenau haben wir in der St Lukas-Klinik den Auftrag, für schwer hirnverletzte Menschen, die die gängige Reha-Kette durchlaufen haben, einen statuserhaltenden Pflege- und Betreuungsrahmen zu schaffen. Entsprechend dem Hilfebedarf Ihres Angehörigen können Sie sich vorstellen, dass eine solche aufwendige Hilfestruktur erst neu konzipiert und eingerichtet werden muss.

Sie wissen, dass unser Handlungsspielraum, Ihnen Hilfe und Unterstützung zu organisieren, von staatlicher Seite planwirtschaftlich festgelegt ist. Es dürfte Ihnen auch bekannt sein, dass die Pflegesätze von Menschen mit Behinderungen im Alten- wie auch im Behindertenbereich nach statistischen Kriterien auf bestimmte Zielgruppen und entsprechendem Hilfsbedarf ausgelegt sind. Menschen im bleibenden apallischen Syndrom oder mit Mehrfachbehinderungen einschließlich einem traumabedingten ausgeprägten Psychosyndrom werden bei den bisherigen Dienstleistungs- und Pflegesatzverhandlungen in den genannten Bereichen nie bedacht.
Versichern möchten wir Ihnen, dass es uns an Bereitschaft, Können und Wollen nicht fehlt, für Ihren Angehörigen eine menschliche und fachlich-pflegerisch wie medizinisch qualitätsvolle Hilfestruktur zu schaffen. Was uns noch fehlt, ist das Dürfen, das Einverständnis der zuständigen Sozialbehörden im Sinne von ‚Planbetten' und die Absprache über kostendeckende Pflegesätze. Hierbei könnten Sie uns unterstützen, da der Handlungsdruck und der ‚Bedarf' von behördlicher Seite in seiner Brisanz offenbar noch nicht angemessen gesehen wird. Vielleicht könnten Sie sich mit anderen Betroffenen austauschen und Ihre berechtigten Interessen und Hilfesuchen bündeln.

Mit freundlichem Gruß
Dr. med. H. Schädler
Ärztlicher Direktor

Für Moritz könnte es also sein, dass er eine adäquate Versorgung erhält! Ich bedankte mich sofort schriftlich und leitete die empfohlenen Maßnahmen ein. Im Frühjahr 1995 wurde ich zu Gesprächen vor Ort eingeladen. Dr. Schädler erläuterte mir die Überlegungen der Klinikleitung: Die Stiftung ist unabhängig und selbstständig, kann also auch finanziell – wenn erforderlich – individuell agieren. Man kann zum Beispiel einem schwierigen, kleinen Personenkreis einen wesentlich höheren Betreuer-Einsatz anbieten und damit einen Beitrag für eine intensivere Versorgung erbringen.

Durch eine neue Wohngruppe in einem sozialtherapeutischen Krankenhaus kann eine ganzheitliche Behandlung nach medizinisch-psychiatrischem Bedarf erfolgen. Ein individueller Tagesablauf kann die Krankheitssymptome abmildern (‚Heilen können wir nicht'). Jedem Bewohner kann die Hilfe gewährt werden, die er braucht: Orientierung, Halt und Sicherheit, gemeinsam Krisen bewältigen, Therapieplan und dessen Fortentwicklung, Umgangsstrategien bei besonderen Verhaltensweisen. Leistungen: Mitarbeiter stehen ganztägig zur Verfügung, ausgebildete Fachkräfte arbeiten mit dem Patienten, Übergabegespräche, Dokumentationen, Fallbesprechungen, Therapieleitung, Visiten, allgemeine medizinische Behandlung, räumliche Rückzugsmöglichkeit, zusätzliche therapeutische Angebote, Zusammenarbeit mit Angehörigen und Betreuern.

Dann wurde vereinbart, Moritz persönlich in seiner Umgebung kennen zu lernen. Ich hoffte, betete und bangte um Moritz, konnte kaum noch schlafen, denn das

Konzept der Lukas-Klinik war so überwältigend positiv. Besseres konnte niemand erwarten und anbieten. Hoffentlich war man bereit, Moritz aufzunehmen. Wahrlich ein mächtiger Hoffnungsanker!

Am 11. Mai 1995 besuchten gleich zwei Heilerziehungspflegerinnen und der Pflegedienstleiter Moritz in seinem Milieu im PLK Reichenau. Welch ein Beweis, wie ernst es der Klinikleitung war, den Leitsatz ‚In unserer Mitte – der Mensch' zu praktizieren, indem man gleich drei Personen einsetzte, wo an anderer Stelle vielleicht nur ein kurzes Telefonat geführt worden wäre!

Unterwegs auf der Fahrt wurde nur wenig gesprochen. Unausgesprochene Fragen standen im Raum: „Was für einen Menschen werden wir antreffen?" „Wie werden wir uns mit ihm verständigen?" „Was tun, wenn wir ihn nicht aufnehmen können?" Und Ähnliches mehr.

Nach dem Eintreffen, beim Betreten des Raumes ist Moritz sofort zu erkennen, wie er statisch in seinem Rollstuhl sitzt, hilflos, einsam, nicht weg kann aus einer Umgebung voller verwirrter alter Leute, die ziellos in seinem Umfeld herumlaufen. Eine gespenstische, eine unwirkliche Szene, wie hier jeder allein gelassen ist in seiner Not.

Im Oktober 2008 kann sich Angela noch sehr genau daran erinnern, wie sie der riesige, heftig schreiende Moritz beeindruckt hatte mit seinen „sooo tief traurigen Augen", die nur eines zu rufen schienen: „Mensch, holt mich hier raus! Hilfe!"

Stillschweigen. Keiner bringt ein Wort über die Lippen. Jeder fragt sich: „Was muten wir uns da zu?" – Sie hatten bisher mit geistig Behinderten zu tun, welche ruhig und viel unkomplizierter waren. Zwischen den bangen Fragen immer wieder das unheimliche Schreien und Gestikulieren von Moritz. „Und dann noch eine Station leiten mit solchen Patienten?“

Beim Anblick seiner Augen weiß Angela, dass man mit Moritz kommunizieren kann. Irgendwann schauen sich die drei an und plötzlich ist die Entscheidung ausgesprochen: „Wer, wenn nicht wir? Ja, wir sagen ja zu diesem hilflosen Menschen in höchster Not!“

Das Personal von Reichenau gab noch einige sachliche Auskünfte, über die Medikation usw. Beim Heimfahren sprach niemand mehr. Jeder war mit der Zukunft beschäftigt. Die Sozialarbeiterin vom PLK Reichenau setzte sich noch beim Sozialamt Tuttlingen für eine Übernahme des höheren Tagessatzes in der Stiftung Liebenau ein.

Dann erhielten wir die erlösende Nachricht vom 29. Mai 1995: „Wir freuen uns mitteilen zu können, dass wir uns nach Prüfung in der Lage sehen, für Ihren Sohn eine Aufnahme im Versorgungsbereich unserer St. Lukas-Klinik zu ermöglichen. Der Aufnahmetermin wäre der 20. Juni 1995 ...“

Ein Aufatmen ging durch die ganze Familie. Ich hatte noch einiges Amtliches zu erledigen und kurze Zeit später erfolgte wiederum ein Exodus. Wir luden Moritz mit allem Hab und Gut in unseren Pkw – viel war es ja nicht. Ein paar Habseligkeiten und Wäsche; der Rollstuhl und das Stehbrett waren die sperrigsten Güter. Beim Verlassen von Reichenau begleitete uns keine Träne.

In der Stiftung Liebenau begann für Moritz eine neue Episode, die länger sein würde als alle bisherigen Zeitabschnitte in seinem Leben.

Jeder von uns dreien war auf der Fahrt in seine eigenen Gedanken vertieft. Was ist wohl in Moritz vorgegangen? Selbstverständlich haben wir ihn immer wieder und über alles informiert, eben dass er nun in eine neu eröffnete Station in einer Facheinrichtung aufgenommen werde. Seine lebhafte Gestik unterwegs war ja absolut nichts Neues, eher etwas Vertrautes. Meine Frau und ich hatten gehofft und gebetet, dass die Versorgung nun tatsächlich dauerhaft sein kann.

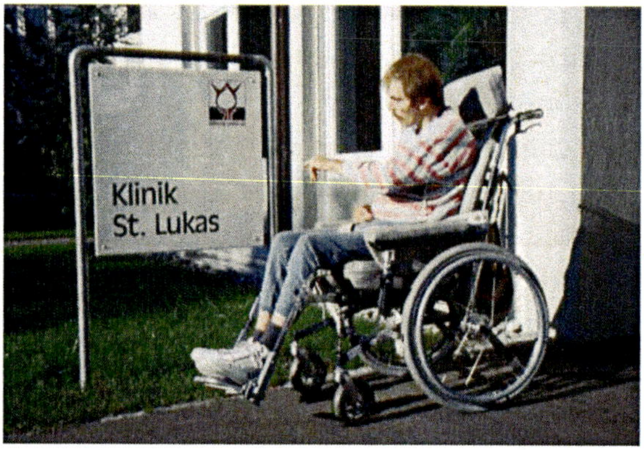

Bei der Ankunft auf ‚Lukas 12' – so die Bezeichnung der neuen Station – ging es turbulent zu, gelinde gesagt! Über ein halbes Dutzend zukünftige Bewohner kamen mit ihrem jeweiligen Anhang fast gleichzeitig an. Für jeden Patienten war ja nach einer mehr oder weniger langen Anreise umgehend eine individuelle Versorgung erforderlich. Da mussten Medikamente richtig eingeordnet, dort Wäsche und sonstige Utensilien an den richtigen Platz gebracht werden. Dann stellte sich sehr schnell heraus, dass bei den ganz verschiedenen Charakteren der Neulinge hautenge Kontakte zu gewaltigen Turbulenzen führen können.

Kollegen von anderen Stationen halfen zur Unterstützung mit, und für alle war es ein langer, harter Arbeitstag. Bemerkenswert und zu betonen ist, dass es diesen Betreuern und Therapeuten vordergründig um den zu versorgenden Patienten ging und nicht einfach um einen Job zum Geldverdienen.

Moritz bekam ein eigenes Zimmer, das nach seinen Bedürfnissen eingerichtet wurde. Hier sollte und konnte er seine Rückzugsmöglichkeiten finden und seine Nächte verbringen. Im geräumigen Wohnzimmer würde das Leben stattfinden, also das Zusammensein mit den anderen Bewohnern. All diesen war gemeinsam, dass sie ursprünglich gesund gelebt hatten und dann durch irgendeinen Schicksalsschlag eine cerebrale Behinderung erlitten hatten.

Die äußeren Bedingungen für eine sachgerechte Versorgung und vor allem für eine allgemeine Geborgenheit waren nun geschaffen. Die ganz unterschiedlich behinderten Bewohner zusammenzuführen, war ein Balanceakt, der großes Fingerspitzengefühl, Fachkenntnis, Pädagogik, Diplomatie und vor allem viel Liebe von den Betreuern erforderte. Diese waren aber auch keine homogene Gruppe, kamen sie doch aus vielen Bereichen der großen Stiftung Liebenau. Jeder war eine Persönlichkeit für sich mit unterschiedlichem familiärem Hintergrund, mit verschiedenen Ausbildungen, mit individueller Ausstrahlung und Autorität.

Ja, es war keine Kleinigkeit, praktisch aus dem Nichts heraus eine Station zusammenzufügen, die ihrer Aufgabe einer allseitigen Menschlichkeit und fachgerechten Versorgung nachkommen sollte! Es galt nun, für jeden Patienten eine individuelle Strukturierung des Alltagsgeschehens zu gestalten. Für Moritz war das vordergründige Ziel, seine Akzeptanz für die veränderte Lebenssituation zu erhöhen. Mit Medikamenten wollte man unterstützend versuchen, seine psychotischen Symptome zu reduzieren. Mit Krankengymnastik sollte daran gearbeitet werden, seine körperlichen Defizite wieder abzubauen. Ob man mittels Logopädie seine Gaumenparese reduzieren konnte? Essen und Trinken war für ihn sehr schwierig – er verschluckte sich häufig.

Des Weiteren wollte man ihn dabei unterstützen, mit seinen Mitbewohnern Kontakt aufzubauen. Vor allem aber einen guten Kontakt mit seinen Betreuern herzustellen, war sehr wichtig. Natürlich waren da Differenzierungen gegeben. Die eine Pflegerin ist geschickter, sympathischer, diplomatischer als die andere. Der eine Pfleger ist burschikos, der andere hatte früher den gleichen Beruf wie Moritz. Beziehungen aufzubauen war für alle miteinander ein prägendes Erlebnis und viele waren betroffen in Anbetracht von Moritz' Schicksal. (Im Oktober 2008 bekundet mir die Klinikleitung, dass Moritz der ganzen Station auch viel gegeben, viele Gedanken und Betrachtungsweisen angeregt, viele Initiativen ausgelöst hätte.)

Das Wir-Bewusstsein einem jeden zu vermitteln war bestimmt von nicht geringer Bedeutung. Zum Beispiel hatten bei der Gestaltung des Wohnzimmers die Bewohner mitgewirkt – auch Moritz. Die tägliche Praxis war ausgeprägte Lebhaftigkeit, war doch jeder Bewohner völlig anders veranlagt, anders behindert, hatte eine andere Vergangenheit, Herkunft und so weiter. Somit waren Auseinandersetzungen an der Tagesordnung. Indem fast alle Aktivitäten innerhalb der Gruppe stattfanden und jeder individuell versorgt wurde, konnten sich natürlich auch Eifersucht und Neid bilden. Moritz erbrachte oft mit enormem Toben seinen Beitrag zum Stationsleben, manchmal war er amüsiert, ab und zu schrieb er auf seiner Buchstabentafel, ‚sie seien Deppen'. Im Allgemeinen war seine Toleranz sehr gering, die Wutausbrüche kamen häufig und heftig. Ja, es gab auch Situationen, in denen der eine oder die andere (sowohl Bewohner als auch Pfleger) nicht nur Respekt, sondern richtig Angst vor ihm hatten. Es konnte aber auch vorkommen, dass Moritz ohne jeglichen Übergang ruhig war, ja sogar lachen konnte. WAS ging dann jeweils in Moritz vor?

Gelegentlich wurden gemeinsame Ausflüge in die nähere Umgebung unternommen. Es war dabei schön wahrzunehmen, wie Rollstuhlfahrer zum Teil von ihren gehfähigen Mitpatienten geschoben wurden. Auch die Teilnahme an dem einen oder anderen Fest – sowohl innerhalb des Hauses als auch extern – war eine willkommene Abwechslung.

Meine Frau und ich besuchten Moritz fast jedes Wochenende. Wenn es das Wetter erlaubte, machten wir Ausflüge in die Umgebung. Ansonsten spielten wir in seinem Zimmer gemeinsam Spiele – soweit es seine Behinderungen zuließen. Von Lektüre wollte er nicht viel wissen, höchstens, dass ihn ein paar Seiten in einem Witzbüchlein interessierten. Weil ihm das Essen immer Freude machte – wenn es auch mühsam war – brachte meine Frau ihm bei jedem Besuch einen Kuchen mit, welcher weich und somit bequem zu essen war. – Bei dem oben erwähnten Angehörigenseminar, welches ich in Burgau besucht hatte, haben wir Teilnehmer uns ge-

genseitig das Essen gereicht. Dabei konnten wir feststellen, wie ungeschickt der ‚Fütterer' sein konnte.

Moritz wurde auch ‚Ruhezeit' gegönnt. Er war dann gerne allein in seinem Zimmer und konnte Musik hören. Seine Geschwister besorgten ihm immer wieder Musikkassetten und CDs seiner Lieblingsstücke aus vergangenen Zeiten. Als in seinem Zimmer ein eigener Fernsehapparat installiert wurde, schaute er sehr gerne Filme an. Früher war er ein Gelegenheitsraucher. Jetzt erhielt er das Privileg, in seinem Zimmer eine Zigarette zu schmauchen – wegen Brandgefahr natürlich unter Aufsicht.

So wurden Rahmenbedingungen geschaffen, ihm ein Optimum an Entwicklungsmöglichkeiten zu gewähren. Sein persönlicher Zustand war aber noch der gleiche wie früher: Mehrfachbehinderung wegen schwerer Hirnverletzung, massive Verhaltensauffälligkeiten mit Fremd- und Autoaggressionen, Inkontinenz und Pflegebedürftigkeit rund um die Uhr. WAS empfindet da ein Mensch, der früher überaus aktiv war und nun in seinem eigenen Körper eingesperrt ist?

Um das Therapiekonzept zu verwirklichen, war nicht nur die Station ‚LUK 12', sondern die gesamte St. Lukas-Klinik bemüht, ihr fachliches Können und ihre menschliche Wärme einzubringen, um solchen Menschen so weit wie möglich zu helfen.

Es wurden Familientage angeboten, die dazu beigetragen haben, ein Gruppenzusammengehörigkeitsgefühl und damit ein Gefühl des Eingebundenseins und der Sicherheit zu entwickeln. Regelmäßig fanden Einzelgespräche zwischen den Psychologen der Station und den

Angehörigen statt. Gemeinsam mit der Gruppenleitung wurden Strategien entwickelt, wurde versucht, das Eine oder Andere aus der Vergangenheit ableiten und somit verstehen zu können. Kurzum, mit Menschlichkeit wollte man das Leben weiter lebenswert machen.

Es wurde auch erkannt, dass die Buchstabentafel wohl eine Möglichkeit der Verständigung darstellt, aber viele Einschränkungen aufweist. Die Kommunikation war nicht nur holprig, sie war auch vom jeweiligen psychischen Zustand von Moritz abhängig. Bei fehlerhaftem Zeigen der Buchstaben wird sehr viel Fantasie für ein Verstehen des ‚Gesagten' erforderlich. Wie oft landete Moritz' linker Zeigefinger (die linke Hand war spastisch weniger verkrüppelt als die rechte) inmitten von vier Buchstaben! Es gab auch keinen Absatz zwischen den Wörtern und wie oft gab es (häufig beabsichtigt) falsche Orthografie, schwäbischen Dialekt oder Französisch! Die Anschaffung eines Personal-Computers (PC) wurde angedacht. Natürlich wurden auch die Affektausbrüche und die Empfindlichkeit eines solchen Gerätes ins Kalkül einbezogen. Die hauseigene Werkstatt kreierte dann tatsächlich Funktionierendes!

Seit Sommer 1996 wurde dann der PC im Bereich Arbeits- und Beschäftigungstherapie eingesetzt. Das sowohl von Moritz als auch vom Therapeuten Geschriebene wurde unmittelbar ausgedruckt und dargestellt. Damit war eine echte Konversation gegeben. Moritz war zeitweise sehr motiviert. Zwar machte er viele Fehler, aber mit Fantasie und Kenntnis dessen, was er zum Ausdruck bringen wollte, konnte er meistens verstanden werden. Oft war er aber auch gleichgültig und wenig kreativ.

Studiert man die Ausdrucke, so wird man bis aufs Mark erschüttert darüber, wie das Innere von Moritz ausgesehen hat: Wirrheiten, Depressives, Erstaunliches, Aktives und Ironisches waren bunt gemischt.

Das Interesse und die Bereitschaft von Moritz, dabei mitzumachen, wurden im Laufe der Zeit immer geringer. Seine Darstellungen wurden skurriler und das Ganze war zum Schluss so mühsam, dass ein Ausdruck vom 6. März 2001 als Beendigung des Computereinsatzes betrachtet werden musste.

Die Therapeuten hatten sich größte Mühe gegeben. Dass sich trotzdem kein Erfolg einstellte, ist unter folgendem Aspekt erklärbar: Moritz war von Beruf Handwerker. Er hatte seine Freude, wenn er etwas Konkretes erschaffen hatte, etwas Nützliches, etwas Kreatives. Seine Mentalität war früher von Ungeduld geprägt, und wenn etwas nicht sofort gelang, konnte er sich schnell davon abwenden. Bei den PC-Ausdrucken wurden ihm dann immer sehr deutlich seine Fehlerhaftigkeit, seine Begrenztheit, seine Behinderung offenbar. Ist da seine Frustration nicht verständlich? Bei der Handhabung der Buchstabentafel war solche plakative Darstellung der Begrenztheit nicht gegeben. Bei Missverständnissen gab es keine Dokumentation, bei gewichtigen Missverständnissen konnte er die Buchstabentafel zerreißen und bei großer Erregung im Mund verschwinden lassen.

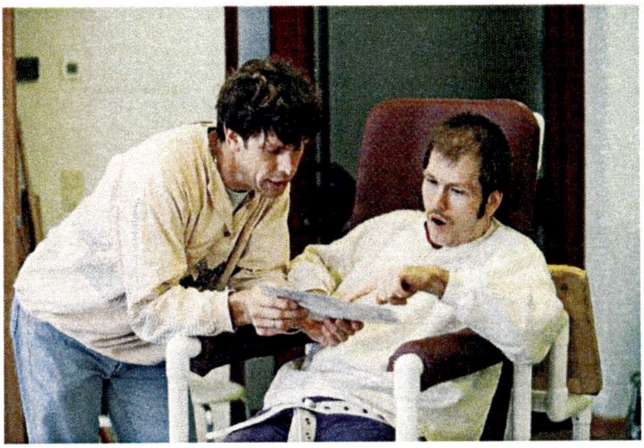

Moritz mit Physiotherapeut Thomas Martin (Foto: Rupert Leser)

In diesem Zusammenhang ist sehr wichtig zu betonen, dass niemand auf Moritz Druck oder Zwang ausgeübt hatte; dass man bereit war, Mühe und Aufwand auf sich zu nehmen; doch letztlich Moritz die Freiheit ließ, sich nach Fähigkeiten oder Unvermögen zu entwickeln.

Es war bewundernswert, wie viel Toleranz und Geduld seine Betreuer aufbrachten. Einerseits wollte man Moritz weiterbringen, indem man versuchte, bei täglichen Verrichtungen wie Essen, Körperpflege usw. eine gewisse Selbstständigkeit zu erzielen, andererseits konnte sein Toben so heftig sein, dass eine weitere Versorgung kaum möglich war. Oft war auch eine Bedrohung für sein Gegenüber gegeben.

Während der Nacht und der Mittagsruhe war Moritz in einem Pflegebett untergebracht, welches allseitig bestens gepolstert war, damit er sich bei seinen Attacken nicht verletzen konnte. Die Seitenwände waren wie Tore weit zu öffnen, sodass auch weniger kräftigem Pflegepersonal ein Transfer vom Rollstuhl und zurück ohne allzu große Mühe möglich war. Ob er sich in dieser ‚Kiste' wohl gefühlt hatte, weiß man nicht. Doch diese Maßnahme wurde getroffen, um ihm körperliches Ungemach zu ersparen.

Tagsüber hielt er sich in seinem körpergerechten Rollstuhl auf. Wenn er seine Wutausbrüche hatte, so war die Stabilität des Rollstuhls sehr in Anspruch genommen. Des Öfteren geschah es, dass bei heftigen Attacken so manches in die Brüche ging. Die erforderlichen Reparaturen waren lästig. Vor allem aber bestand für Moritz eine nicht unerhebliche Verletzungsgefahr. So sah man sich in extremen Situationen veranlasst, ihn ins ‚Time-out-Zimmer' zu bringen. Dies tat natürlich ein jeder sehr, sehr ungern. Extern betrachtet, ist die Unterbringung in so einem leeren Zimmer, welches nichts aufweist als ringsum Polsterung, eine unmenschliche Maßnahme. Psychiatrisch betrachtet ist sie jedoch die humanste, die einzige Möglichkeit, sowohl das Personal als auch den Patienten vor Verletzungen zu schützen. Die Durchführung, also das Einsperren eines Kranken, ist für den Patienten und für die Pflegenden äußerst belastend. Im PLK gibt es vielleicht deshalb die Bezeichnung ‚Wärter'?

Um diesem Unbill entgegenzuwirken, wurde sein ‚Thron' entwickelt. Auf einer ca. 70 x 90 cm großen Stahlblechplatte war ein Stuhl aus Rohren mit ca. 5 cm Durchmesser montiert. Dieser war nicht nur an der Sitz- und Rückenfläche weich gepolstert, sondern auch an den Armlehnen. Sowohl die Konstruktion und das Material des Stuhls als auch die Polsterung und deren Ummantelung waren äußerst stabil. Das Ganze war von sechs Rädern getragen, die nach allen Seiten drehbar, aber auch zu fixieren waren. Somit war eine ungehinderte Mobilität gegeben und jede Verletzungsgefahr vermieden.

Unsere ganze Familie und vor allem mich hat immer wieder beeindruckt, mit welcher Sorgfalt und mit welchem Ideenreichtum in dieser Einrichtung für das Wohl der Patienten gesorgt wird. Solch ein Thron ist ein leicht wahrnehmbares Beispiel für eine gefahrlose Versorgung. Die Menschlichkeit bei den täglich zu verrichtenden Versorgungen war wohl weniger offensichtlich, aber umso bedeutsamer.

In Wahrnehmung meiner offiziellen Pflichten als Betreuer von Moritz musste ich beim Amtsgericht eine Genehmigung für freiheitseinschränkende Maßnahmen beantragen und dies alle zwei Jahre wiederholen. Diese Einschränkungen waren: geschlossene Gruppentüren, Gurt im Hüftbereich, um sicheren Sitz im Rollstuhl zu gewähren, zum Teil Anlegen einer Fixierhose, abgepolstertes Bett mit Bettgitter. Als Begründung der Maßnahmen wurde angegeben: Wesensveränderungen und Verhaltensauffälligkeiten nach schwerem Schädel-Hirntrauma, schweres hirnorganisches Psychosyndrom, Unfähigkeit koordinierter Körperbewegungen von Rumpf und Beinen, eingeschränkte Bewegungsmöglichkeit der Arme, Schlucklähmung und schwere Sprachstörung. Dadurch ergeben sich stundenlange Erregungszustände mit affektiven

Aggressionsausbrüchen, zeitweiliges Kotschmieren und Verschlucken von Windelteilen. Diese amtlichen Erledigungen waren Bestandteil meiner Aufgaben und Pflichten.

Im Frühjahr 1996 wurde ich mit einer wesentlich schwierigeren Aufgabe konfrontiert: Die Stationsleitung und die Psychologin waren überzeugt, es sei erforderlich, Moritz davon in Kenntnis zu setzen, dass seine Frau sich habe scheiden lassen. Ich persönlich hielt es für unnötig, ihn damit zu belasten, doch ich habe mich der Empfehlung der Fachleute gebeugt. Die Frage war nun, wer es sein könnte, der Moritz dies vermitteln würde. Dass dies das Personal in Liebenau nicht tun könne, war für mich ebenfalls schwer verständlich. Weil mit Nachdruck definiert wurde, die Familie sei der einzig richtige Vermittler, habe ich mich schweren Herzens schließlich nicht mehr widersetzt. Der Mutter von Moritz wollte ich diese Aufgabe nicht zumuten. Als Vater war ich also auch hier gefordert. Ich wollte ihn möglichst schonend über das Ganze informieren und habe eine günstige Gelegenheit genutzt, als ich zur Erledigung auch anderer Dinge in Liebenau zu tun hatte.

An diesem Tag herrschte schönes Wetter. Ich machte mit ihm einen kleinen Rollstuhlausflug in eine ruhige Landschaft. An einem sonnigen Platz erzählte ich ihm dann von der Scheidung. Ich habe mit ihm nicht nur gesprochen, ich habe ihm tief in die Augen geschaut, seine Hände gehalten und mich mental mit ihm verbunden. Ich wollte ihm meine Verbundenheit bekunden und Rückhalt bieten. Ich habe versucht, ihn zu einem Verständnis zu führen, wie für Karin die Situation der vergangenen Jahre gewesen sei, wie sie nicht bewusst und zielstrebig eine Trennung herbeigeführt habe. Ich habe ihm auch erzählt, wie schwer mir damals am 25. Februar 1991 die Zustimmung zur Scheidung gefallen war.

Moritz schaute mich ganz groß an. Sein Blick war so klar, dass ich vollständig davon überzeugt war, dass er nicht nur den Wortlaut, sondern auch die Bedeutung des Gesagten verstanden hatte. Ich konnte erkennen, dass die Nachricht zunächst tief in ihn eindrang. Die anschließenden Momente waren von intensivem Nachdenken geprägt. Und dann musste er herzzerreißend weinen. Es war kein Toben, kein Schreien, nur eine tiefe Trauer über den Verlust. Selten hat mich ein Erlebnis so intensiv berührt. Das waren keine körperlichen oder geistigen Vorgänge! Die Seele dieses schwer kranken Menschen war zutiefst verletzt! Ich betete um Beistand für uns beide. Dass und wie das Leben eines jeden von uns weitergehen würde, war klar. Das emotional angemessene Verhalten von Moritz hatte mir gezeigt, dass in seinem Innersten noch vieles, sehr Wesentliches intakt war. Diese Erkenntnis gab mir und auch meiner Frau gewissen Trost.

Karin hatte in der Zwischenzeit einem dritten Sohn das Leben geschenkt. Die Ehe verlief unglücklich. Wir, das heißt meine Frau und ich, unsere Kinder und Enkel haben nach wie vor ein gutes Verhältnis zur Frau von Moritz und ihrer Familie.

Im Sommer 1996 besuchte Karin mit mir zusammen Moritz. Es war eine Begegnung zweier Menschen, die in grundverschiedenen Positionen lebten und doch miteinander verbunden waren. Dort trafen sich zwei Menschen, welche in diesem Moment einfach beieinander waren und denen ein juristischer Vorgang nicht im Vordergrund stand. Es waren Menschen gemäß dem Motto ‚In unserer Mitte – der Mensch'. Karin besuchte Moritz auch danach immer wieder und bedachte ihn an Festtagen mit Geschenken.

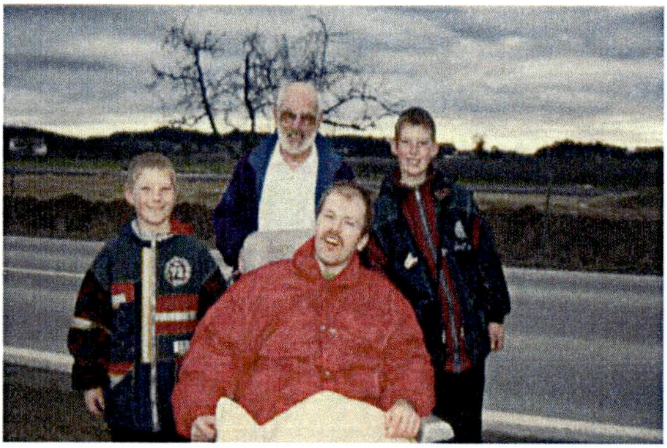

Auf seine zwei Söhne, die Moritz immer wieder mit einem Besuch erfreuten, war er besonders stolz.

An jedem Wochentag wurde Moritz ein ausgewogenes Programm angeboten in Form von kleinen Einheiten eines reichhaltigen Therapieprogramms. Physiotherapie, Arbeits- und Beschäftigungstherapie wurden durch individuelle Einzelbetreuung ergänzt. Später kam noch Logopädie hinzu. An Sonn- und Feiertagen war durch die vollzählige Anwesenheit sämtlicher Bewohner (manche waren während der Woche extern versorgt) ein emsiges

Zusammensein gegeben. Das Therapieziel war, Moritz soweit wie möglich sowohl geistig als auch körperlich zu fördern. Das Beispiel von Iberg hatte gezeigt, dass eine Überforderung sehr negativ sein kann. Indem die tägliche Pflege und Versorgung in die Therapie mit eingebunden war, wurde ein Optimum an Effizienz erzielt. Dies ist vor allem unter dem Aspekt zu betrachten, dass eine Heilung nicht möglich war, maximal eine zustandserhaltende Pflege. Da bewährte sich das besondere Angebot der St. Lukas-Klinik in Form eines guten Personalschlüssels. Die persönlichen Kontakte waren nicht nur für den Patienten von maßgebender Bedeutung, sondern haben auch den Betreuern rückkoppelnd viel Positives und manche Erkenntnis bringen können. So wurde die harte tägliche Arbeit des Pflegepersonals ideell belohnt.

Im Herbst 2001 hatte ich unseren früheren Hausarzt Dr. Debler, der Moritz bei dessen Aufenthalt zu Hause ebenfalls versorgt hatte, konsultiert. Dieser hatte sich inzwischen der traditionellen chinesischen Medizin zugewandt. Mich persönlich plagte jahrelang die Frage, ob und wie man Moritz bei seinen Verhaltensstörungen helfen könne. Ich ging davon aus, dass er unter diesen hirnorganischen Zwängen auch persönlich leiden müsse.

Dr. Debler überlegte einige Zeit und machte mir einen Vorschlag: Falls ich ihm von Moritz' Zunge eine Fotografie bringen könne, könnte er sich vorstellen, für einen speziellen Tee eine Rezeptur zu erstellen. Auf der Station LUK 300 in Hegenberg, wo Moritz seit einem Jahr weilte, erkundigte ich mich, ob man ihm von diesem Tee regelmäßig gemäß den Einnahmevorschriften geben könne. Nachdem dies offiziell bejaht wurde, machte ich eine Makroaufnahme der Zunge. Während des Fotografierens war mir nicht wohl. Ich hatte Bedenken, dass Moritz rabiat werden könnte, wenn ich ihn bitten würde, die Zunge herauszustrecken. Gott sei Dank wirkte er konstruktiv mit und ich konnte verschiedene Aufnahmen zur Verfügung stellen. Das Rezepterstellen und die Zubereitung des Tees mit zahlreichen Ingredienzen aus einer speziellen Apotheke ging relativ schnell. Es war ein Kunterbunt von Verschiedenem, welches in acht Litern Wasser einige Stunden, mit gewissen Zwischenmaßnahmen, zu kochen war. Das ganze Haus war von einem intensiven Geruch erfüllt. Ich war auf die Entwicklung sehr gespannt, erwartungsvoll, aber auch skeptisch.

Doch siehe da! Moritz erhielt regelmäßig den Sud, nahm ihn mit tapferer Miene in stoischer Ruhe zu sich. Verabreichung und Einnahme erfolgten entsprechend den Zeitvorgaben. Nach Ablauf von circa zwei Wochen war die Maßnahme beendet und dann beobachteten wir alle – die Station und die Familie – kritisch die Entwicklung. In der Tat konnte man feststellen, dass Moritz ruhiger wurde.

Im Abstand von jeweils vier Wochen fotografierte ich die Zunge nochmals und die Rezeptur wurde entsprechend modifiziert. Wir alle waren sehr froh, dass anschließend die Erregungszustände nicht mehr so intensiv und dauerhaft abliefen. Es war anzunehmen, dass er nun in allen Bereichen etwas gelockert, er in seinem Inneren freier war.

Nun konnten persönliche Verbindungen weiter ausgebaut werden, da Moritz mehr Toleranz bewies. Man konnte ihn nun leichter nehmen wie er war, konnte ihn lassen wie er war, konnte ihn in seinen Schwierigkeiten besser begleiten.

Holger hatte früher den gleichen Beruf wie Moritz, war auch Ski- und Motorradfahrer. Seit der ersten Stunde in Liebenau betreute er Moritz. Gleiche Hobbys, gleiche Musikinteressen, da bauen sich auch unter schwierigen Verhältnissen Verbindungen auf. Damals beim Gestalten des Wohnzimmers leitete Holger Moritz an, Bretter abzuschleifen. Dies war gut gemeint, therapeutisch wohlgesonnen, doch schon bald musste er einsehen, dass Moritz' Geduld nur von sehr geringer Dauer war und er ihm die Bretter nachwarf. Nun aber war Moritz etwas leichter zu handhaben. Eines Tages kam Holger auf die Idee, ihn auf eine Ausfahrt mit einem Beiwagenmotorrad mitzunehmen. Mit Genehmigung der Klinikleitung und gemeinsam mit einem Kumpel fand dann eine Überlandfahrt statt. Moritz' Freude war unbeschreiblich! Bei einer Pause im Gras liegen, mit einer Zigarette im Mund die Sonne genießen – gab es Schöneres? Da war nicht mehr der Pfleger mit dem Patienten unterwegs, da waren drei Kumpel, drei Menschen auf einem gemeinsamen Ausflug. Die Logistik dieses Unternehmens hatte bestens funktioniert und der therapeutische Erfolg war riesig. Die dabei gemachten Bilder wurden in bequemer Sichtweite in Moritz' Zimmer angebracht und bereiteten Moritz immer wieder Freude und bauten ihn auf.

Doris war ebenfalls von Anfang an dabei. Das weibliche Geschlecht hatte es bei Moritz stets viel einfacher als die männlichen Kollegen. Mit ihrer stillen Autorität konnte sie bei Moritz viel Respekt erreichen. Auch sie hatte in ihrem Wesen vieles gemeinsam mit ihm, sodass sich eine konstruktive Beziehung aufbauen konnte, was therapeutisch sehr wertvoll war.

An einem Sommernachmittag führte sie mit dem VW-Bus der Klinik gemeinsam mit Holger und Moritz einen Ausflug ins Obere Donautal durch. Meine Frau und ich trafen die drei am verabredeten Parkplatz. Von hier machten wir einen gemeinsamen Rollstuhlausflug in dieser wunderschönen Landschaft.

Moritz konnte sich angesichts der vielen Felsen an so manche Klettertour mit seinen Freunden und seinem Vater erinnern. Die Einkehr in der Gartenwirtschaft eines Ausflugslokals, abgerundet mit einem alkoholfreien Bier, war dann eine willkommene Ergänzung.

Diese beiden Erlebnisse haben Moritz bestimmt sehr aufgebaut. Sie waren bei seinem jetzt erreichten Zustand durchführ- und verantwortbar. Sie zeigten eine positive Entwicklung. Zum Vergleich ein Vorgang zu Beginn der Liebenauer Zeit: Angela, eine sehr engagierte und warmherzige Betreuerin (sie war damals bei der amtlichen Mission im PLK mit dabei), wollte mit Moritz und mir zusammen die Sonntagsmesse in der Kirche besuchen. Zunächst war Moritz unauffällig. Doch kaum hatte die Predigt begonnen, begann er plötzlich und ohne Anlass, um sich zu schlagen und laut zu schreien. Wir verließen das Gotteshaus und versuchten, ihn zu beruhigen. Als er wieder kreativ sein konnte, antwortete er: „Der schwätzt on Scheiß!"

Seine Sinne waren also im Rahmen der damaligen Begrenztheit wach. Doch die Fähigkeit, etwas zu verarbeiten war sehr gering, es fehlte jegliche Toleranz. Wie schwierig war es d a m a l s, eine aktive, konstruktive Zusammenarbeit zu erzielen. – J e t z t konnte man eine Kopplung des Liebenauer Prinzips mit einer medizinischen Richtung, die bei uns noch weitgehend unbekannt ist, beobachten: Die traditionelle chinesische Medizin (TCM) ist eine Heilkunde, die auf naturphilosophischen Vorstellungen und verschiedenen Methoden der Erfahrungsheilkunde basiert. Im Gegensatz zur modernen westlichen Medizin, die die Entstehung von Krankheiten primär als chemische und physikalische Veränderungen im Organismus interpretiert, basiert die TCM auf einem komplexen Medizinsystem, das die Eingebundenheit des Menschen in die irdischen Abläufe betont und eine mehr energetische Sichtweise von Gesundheit und Krankheit in den Vordergrund stellt. Wichtigste Grundlage ist die Einteilung aller Dinge in die Gegensätze von Yin und Yang.

Moritz hatte nun einen medizinischen Tee erhalten, welcher individuell entsprechend seinem Krankheitszustand zubereitet war. Die TCM betrachtet den Menschen in seiner Einheit von Körper, Geist und Seele. Das Liebenauer Prinzip umfasst praktisch das Gleiche, jedoch auf anderer Ebene, auf einer Parallele. Das Zusammenwirken von beidem hatte bei Moritz eine positive Entwicklung eingeleitet. Wie schon an anderen Stellen dargelegt, war eine Heilung nicht möglich. Ihm ein menschlicheres Dasein ermöglicht zu haben, war aber ein großer Schritt nach vorne.

Nachfolgende Episode zeigt, wie nichts vollkommen, nichts ohne Gegensätzlichkeiten ist. Sie zeigt, wie schwierig das Krankheitsbild von Moritz war und im Prinzip auch bleiben würde:

Im Frühjahr 2001 erhielt ich in Liebenau die Möglichkeit, eine gebrauchte ‚Rikscha' zu erwerben. Das war vorne ein halber Rollstuhl, hinten ein halbes Fahrrad. Vorne der Sohn als Fahrgast, hinten der Vater als Motor. Mit diesem Gefährt hatten wir einen viel größeren Wirkungsradius als zu Fuß mit dem Rollstuhl. Den Fahrtwind um die Ohren zu spüren, machte Moritz viel Spaß. Mit Rumpf- und Armbewegungen zeigte er an, dass er jetzt am liebsten einen Drachen steuern wollte. Wenn's bergab noch etwas flotter ging, deutete er an, dass nun ein Looping eine willkommene Steigerung wäre. – Dies konnte natürlich nur der Fantasie von Moritz entspringen!

Die Erkundung der abwechslungsreichen Landschaft Oberschwabens war natürlich für uns beide ein schönes Erlebnis. Ich hatte auch stets etwas zu essen und zu trinken für ihn dabei, worauf Moritz immer sehr gierig war. Es gab so manches Interessante zu erleben, wie zum Beispiel die Erkundung des Tettnanger Schlosses oder die Begegnung auf der Bahnbrücke bei Meckenbeuren, als der Lokführer uns zuwinkte. Doch wo Licht ist, gibt es auch Schatten: Wehe mir, wenn Moritz ausrastete. Waren Passanten in der Nähe, ergab sich nichts Konstruktives – kein wohlgemeintes Hilfsangebot konnte tatsächlich Abhilfe schaffen. War ich allein, so war es prekär. Oft kam die ‚Überraschung' aus heiterem Himmel, manchmal war sie auch begreifbar. Als ich etwa einmal an einer Weggabelung meine Landkarte zu Rate zog, interpretierte Moritz dies, ich sei unsicher, und servierte mir die Quittung mit einem sehr heftigen und schmerzhaften Biss in den Unterarm. Auweia – das tat sehr weh!

Das neue Jahrtausend hatte also gewissermaßen mit einer Aufwärtsspirale begonnen – nicht plötzlich, sondern peu à peu konnte man erleben, wie sich bei Moritz kleinere Erleichterungen ergaben. Daran haben alle partizipiert, natürlich vordergründig Moritz, doch genauso auch die Heilerziehungspfleger(innen) – so die amtliche Bezeichnung des Pflegepersonals.

Einmal erzählte mir eine Frau vom Team, dass Moritz sich wegen ihres Kummers erkundigt habe. Als sie ihm dann ihre familiären Probleme anvertraute, war er derjenige, der ihr wahrhaften Trost gespendet hätte.

Die eingleisige Versorgung hatte sich langsam zu einem gegenseitigen Geben und Nehmen gewandelt. Durch qualitative Nuancen konnte man beobachten, wie tiefgründig und liebevoll das Wesen von Moritz war, wie nichts verschüttet war, wie sein Charakter Positives ausstrahlte. Wenn dagegen ein neu auf der Station Beschäftigter schulmeisterliche Ideen einbringen wollte, entstand kein positiver Kontakt, die Versorgung erwies sich als schwierig und dessen dortiger Dienst war nur kurz.

Die Tätigkeit auf der Station mit den verschieden gelagerten, auffälligen Patienten war mehr als anstrengend – physisch und psychisch! Da war natürlich eine seelische Hygiene erforderlich und auch eine gewisse Fluktuation beim Stationspersonal verständlich.

Wenn ein neuer Mitarbeiter erstmals Moritz zu versorgen hatte, so vollzog sich dies zunächst mit Distanz. Ressentiments waren gegeben, war doch allgemein bekannt, wie aggressiv Moritz sein konnte. Meistens ergab sich allerdings bereits nach kurzer ‚Tuchfühlung' ein konstruktives Zusammenwirken.

Die erst seit Kurzem belegte Station LUK 300 in Hegenberg war bald wieder zu klein. So wurde im Jahr 2003 in Liebenau wiederum eine neue Station ‚Gut Betha' – GBH 12 – bezogen. Der Bedarf an fachgerechter Versorgung cerebral geschädigter Personen wurde leider nicht kleiner! In GBH 12 waren nun 18 Bewohner untergebracht. Moritz wurde wieder ein Einzelzimmer zugeteilt. Als besonderes Privileg war dieses Zimmer so gelegen, dass er, der Drachenflieger, die sehr tief anfliegenden Flugzeuge beim Landeanflug nach Friedrichshafen aus nächster Nähe sehen konnte. Auch dieses Zimmer war so ausgestattet, dass er sich sehr wohl fühlen konnte, wenn er sich vom Gruppenzimmer zurückgezogen hatte.

Ein besonders schönes Erlebnis war, der Schülerin Iwana gratulieren zu können. Ihre Prüfungsaufgabe war es, mit Moritz zusammen ein Bäumchen zu pflanzen. Die beiden machten dies so perfekt, dass sie eine glatte Eins erhalten hat. Moritz hätte sie „sooo toll ergänzend unterstützt", sagte sie mir später. Doch ihr weibliches Geschlecht hatte sicherlich auch einige Bedeutung. Moritz wurde im Laufe der Zeit immer mehr ein richtiger Charmeur. Ein spitzbübisches Lächeln begleitete die eine oder andere Kusshand, welche er großzügig austeilte. Allmählich hatte er sich bei entsprechendem Anlass zu einem richtigen Sonnyboy entwickelt.

Stefan war nicht nur bei der Ausbildung von Iwana begleitend tätig, sondern schon seit einiger Zeit Bezugsbetreuer von Moritz. Beide waren etwa gleich alt beziehungsweise jung, beide waren Autonarren, beide konnten herumalbern, dass es eine Freude war, dem beizuwohnen. Einmal musste Stefan eine Beanstandung der Klinikleitung einstecken, als er Moritz mit seinem eigenen Pkw zu einer Ausfahrt mitgenommen hatte. Er war als früherer Taxifahrer natürlich sicher und bestens geübt im Autofahren. Vor allem hatte Moritz einen riesigen Spaß daran.

Ebenfalls große Freude hatten beide, als mit einer kleinen Gruppe von Bewohnern ein fünftägiger Urlaub in Oberstdorf durchgeführt wurde. Im Sommer 2003 und auch 2004 logierte man in einem rollstuhlgerechten Hotel. Pflegebetten, Frühstücksbuffet, Ausflüge zur Skiflugschanze, zur Nebelhornbahn usw. Da herrschte natürlich große Freude, nicht nur wegen der willkommenen Abwechslung.

Ungefähr ab diesem Zeitpunkt war die Aufwärtsentwicklung bei Moritz zu beobachten. Wenn nun Moritz auf seinem ‚Thron' im Aufenthaltsraum von GBH 12 ‚residierte', war er jemand. Größer als alle anderen, konnte er das Stationsgeschehen überschauen, genießen und anlässlich besonderer Situationen in sich hineinlächeln. Er wurde von seinen Mitbewohnern respektiert. Bei besonderen Umständen konnte die Einheit Moritz auf seinem Thron als Bollwerk dienen. Es ergab sich unter anderem einmal, dass ein kräftiger Bewohner ausrastete und eine zierliche Heilerziehungspflegerin sich bedroht fühlte. Sie fand hinter dem Thron räumlichen Schutz und die ausgebreiteten, kräftigen Arme von Moritz waren die vollendete Abwehr.

Ein Bewohner machte sich einmal über meine Frau lustig – im Spaß. Ich hatte ihn zurechtgewiesen: „Jochen, sei ehrfürchtig, es ist die Urgroßmutter von Moritz' Enkeltochter." Er hatte die Denksportaufgabe gelöst: Im Januar 2006 wurde die Tochter von Moritz' ältestem Sohn Michael geboren.

Moritz verschluckte sich beim Trinken und Essen sehr häufig und intensiv. Durch seine Gaumenparese (Lähmung) bedingt, war es für ihn nicht nur sehr mühsam, sondern oft nicht möglich, das Verschluckte auszuhusten. Es bestand die Befürchtung, dass sich in der Lunge Speisereste ansammeln würden. Bei einer Röntgenuntersuchung im Frühjahr 2006 bestätigte sich dies leider. Diese Reste konnten nicht eliminiert werden und drohten, zu einer Lungenentzündung zu führen. Ich wurde davon in Kenntnis gesetzt und es wurde mir zudem mitgeteilt, dass die Möglichkeit bestehe, weitere Aspirationen zu vermeiden, indem man eine sogenannte PEG (perkutane endoskopische Gastrostomie) anlege. Durch das Einführen einer Sonde durch die Bauchdecke kann die Ernährung direkt über den Magen-Darm-Trakt erfolgen.

Die Entscheidung zu dieser Maßnahme musste ich als sein amtlicher Betreuer treffen. Die Entscheidung war für mich sehr schwierig. Nach Rücksprache mit der Familie hatte ich mich entschlossen, dieser Maßnahme nicht zuzustimmen. Erstens wollte ich Moritz nicht die Freude nehmen, sein Essen zu genießen. Zweitens befürchtete ich, dass er die Sonde herausreißen würde. Am 4. November 2006 erkrankte er dann tatsächlich an einer Lungenentzündung. Im neu erbauten Krankenhaus LUK 21 wurde er aber erfolgreich behandelt und konnte Gott sei Dank nach relativ kurzer Zeit entlassen werden.

Wir setzten unsere Besuche bei Moritz fort. Regelmäßig übers Wochenende, fast jeden Sonntag, fuhren meine Frau und ich zu ihm, des Öfteren seine Familie und seine Freunde. Er hatte dann stets seine Freude, das Personal wurde entlastet, für uns war es keine Pflichterfüllung. Es war für uns vielmehr wohltuend, den Kontakt mit den Betreuern zu pflegen, ihnen dankend Respekt zu zollen und zu erleben, wie sich der eine oder andere Bewohner positiv entwickelte. Es war irgendwie eine Befriedigung, für Moritz' Wohlergehen mitsorgen zu können. Wir hatten dadurch eine Möglichkeit, unsere Liebe und Fürsorge einem kranken, hilflosen Menschen zu schenken.

Auf der Station, im Haus und auf dem ganzen Gelände der Einrichtung, in der circa 2.500 behinderte Menschen versorgt werden, war stets eine bunte Mischung aus Komik, Tragik und vor allem aus unverfälschter Menschlichkeit zu erleben. Er war schön, immer und überall eine Herzlichkeit dieser Menschen wahrzunehmen, die trotz ihrer Hilfsbedürftigkeit, ihrer Defekte und Behinderungen eine so positive Ausstrahlung zeigten. Während unserer Unterhaltung bei der Heimfahrt waren wir jedes Mal überzeugt, es wäre jedem unserer oft so griesgrämigen und (unnötigerweise) freudlosen Mitbürger von Gewinn, wenn er hier einige Zeit verbringen könnte. So betrachtet, waren unsere Besuche keine Belastung, sondern eine Bereicherung, weil wir vieles unter ganz anderer Perspektive einordnen durften. Immer ergab sich eine friedenschenkende, unverfälschte Resonanz, ein Gewinn.

Bei unseren Rollstuhlfahrten entlang der Bundesstraße konnte Moritz den manchmal lebhaften Verkehr ‚genießen'. Falls ein Motorradfahrer seinen Gruß erwiderte, freute er sich genüsslich. Wenn wir an einem Wegekreuz vorbeigekommen sind, begrüßte er das Kruzifix und ließ eine gewisse Bedächtigkeit erkennen. Anlässlich prekärer Situationen konnte es auch Zoff geben. Des Öfteren aber zeigte er seine Fantasie und seinen Humor, wenn er zum Beispiel auf einen Raben in einer angrenzenden Wiese zeigte: „Das ist eine Nachtigall." Und auf das verneinende Lachen seiner Mutter erwiderte er: „Dann ist es halt ein Storch." Wenn es schien, er schlafe, konnte er die Augen öffnen und lächelnd bekunden: „Ich bin ein Philosoph." Der Abschied konnte lauten: „Au revoir", und wir konnten deutlich feststellen, dass er uns nicht nachtrauerte, wenn wir weggingen, sondern dass er auf der Station daheim war, sein Zuhause hatte. Dieses Wissen war für uns sehr tröstlich und eine weitere Begründung unserer Dankbarkeit für Liebenau.

Im Jahr 2007 hatten meine Frau und ich Goldene Hochzeit, meine Frau wurde 80, unsere älteste Tochter 50, die jüngste 40 und zwei Enkel feierten ihren 20. Geburtstag. Zusammenfassend feierten wir – die gesamte Großfamilie – ein ‚classisches Familienfest'. Damit auch Moritz dabei sein konnte, begingen wir dieses im Schloss von Liebenau.

Am 5. April 2008 hatten die Spaichinger Drachenflieger, bei denen ich seit Langem passives Mitglied bin, ihre Hauptversammlung, die ich besuchte. Viele Kameraden trugen mir auf, Moritz Grüße zu bestellen. Beim nächsten Sonntagsbesuch gab ich dieselben an Moritz weiter, was ihm viel Freude bereitete. Er erkundigte sich auch nach einem weiteren Kameraden, den ich nicht erwähnt hatte, indem er dessen Spitznamen nannte. Ich sagte ihm: „Du, der war nicht da. Aber wie heißt er denn mit bürgerlichem Namen? Ich weiß es nicht mehr." Moritz verlangte mit der üblichen Geste nach der Buchstabentafel und ‚schrieb' ohne Zögern, rasch und fehlerfrei dessen richtigen Namen. Ich war außerordentlich überrascht, nicht nur wegen seiner raschen und korrekten Reaktion. Ganz klar und deutlich erhielt ich da eine beispielhafte Demonstration, wie hervorragend sein biografisches Altgedächtnis noch funktionierte – viel besser als das meinige! Dagegen war sein Neu- und Kurzzeitgedächtnis sehr stark eingeschränkt. In welch ungeordnetem, verwirrtem Zustand musste sich sein Hirn, sein Empfinden befunden haben? Dass er sich trotz dieser Wirrnis positiv entwickeln konnte, war eine außerordentliche Leistung von seinem einsamen ICH.

Bei den anschließenden Sonntagsbesuchen war Moritz sehr ruhig und bedächtig, doch hellwach und aufmerksam. Am 16. Mai 2008 unternahmen wir einen Rikscha-Ausflug Richtung Ravensburg, wobei wir die Klosterkirche Weißenau besuchten und die Ruhe vermittelnden Auwälder und das Ambiente der gepflegten Obstplantagen genossen. Der Körper von Moritz war sehr schlaff.

Es war schwierig, ihn zu einer Haltung zu veranlassen, die ein Fahren ohne Unfallgefahr ermöglichte.

Beim Besuch am 29. Juni 2008 beantwortete er die Frage „Wie geht es dir?“ mit einem Fingerzeig und einem Blick senkrecht nach oben. Wir, seine Eltern, konnten dies nicht einordnen, gewichteten es nicht weiter und so endete dieser sonnige Sonntag in Ruhe und Frieden.

Später haben wir erfahren, dass die Betreuer auf der Station den Eindruck hatten, dass sich bei Moritz schon seit einiger Zeit etwas Außerordentliches entwickelte. Sie hatten die Ahnung, dass Moritz nun in seinem Leben ankommen würde. Adriana, seine damalige Bezugsbetreuerin, die öfter mit ihm in die Kirche ging, hatte eine innige Beziehung zu ihm. Dies äußerte sich zum Beispiel darin, dass er einmal, als Adriana eine besondere Belastung zu ertragen hatte, dies erkannte, ihren Kopf auf seinen Schoß nahm und streichelte. In der Nacht vom 30. Juni zum 1. Juli 2008 hatte sie Dienst und unterhielt sich eine Zeit lang mit ihm. Ihre Frage „Moritz, gell, jetzt gehst du von uns?“, beantwortete er mit einem Kopfschütteln und auf der Buchstabentafel mit: „Ich warte noch auf jemanden.“ In der folgenden Nacht hatte Doris – sie war von Anfang an auf der Station und für Moritz von besonderer Bedeutung – außerhalb der Reihe Nachtwache. Am frühen Morgen des 2. Juli 2008 lagerte sie Moritz nochmals anders.

Beim nächsten Besuch kurz nach 4.00 Uhr lebte er nicht mehr.

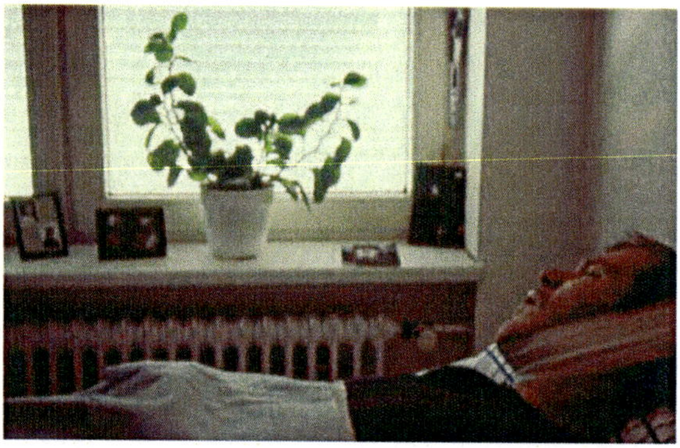

In Ruhe und Frieden konnte er seinen Körper erlösen, ohne Kampf und Angst, seinen Körper, der sein Ich umkleidete und fast 21 Jahre lang so vieles zu hinterfragen und zu bewirken veranlasst hatte.

Am frühen Morgen wurden meine Frau und ich telefonisch von seinem Tod informiert. Wir waren überrascht, ahnungslos, sprachlos, unsäglich betroffen. Die Situation, dass Moritz nun nicht mehr da sei, war unvorstellbar, war er doch wie ein zentraler Mittelpunkt in unserem Leben. Doch das Wissen, dass er Erlösung erfahren hatte, ohne leiden zu müssen, und dass sein jahrelanges Leid sich umgepolt hatte, war unser Trost.

WAS war geschehen? War es eine Urkraft in der Seele von Moritz, die das Bewusste mit dem Unbewussten verbindet, die nun eine Wende in seinem Dasein ermöglicht hatte? War es das tief in seinem Innern schlafende Ahnen des kosmischen Gesetzes der Polarität, welches uns von den Altägyptern überliefert und auch in der traditionellen chinesischen Medizin realisiert ist? Die

Polaritäten von Yin und Yang sind Grundlage für eine ausgewogene Gesundheit. Die Spannung zwischen den Polaritäten ist eine wesentliche Antriebskraft im ganzen Universum: Das ‚männlich – weiblich'-Prinzip erzeugt Leben, die Spannung zwischen Plus- und Minuspol lässt elektrischen Strom fließen, Hoch und Tief erzeugen geodätische Energie usw. – Ich persönlich konnte anlässlich eines mehrwöchigen Aufenthalts in der Arktis Außergewöhnliches in der Polzone erleben:

In Longyearbyen, der nördlichsten Siedlung der Welt mit circa 2.000 Einwohnern, herrscht eine hohe Selbstmordrate infolge der 125 Tage anhaltenden Polarnacht. Während eines Sommers waren wir circa 250 Kilometer weiter nördlich zum Skibergsteigen und um 24 Uhr stand die Sonne nicht viel tiefer als um 12 Uhr. Wir alle waren erstaunt über eine außergewöhnliche Leistungsfähigkeit, was wir auf die ununterbrochene Sonneneinstrahlung zurückführten. Die Küstenseeschwalbe, welche auf dem Umschlag des Buches zu sehen ist, nutzt diese polare Energiezufuhr alljährlich während des Mittsommers aus, indem sie sich im Sommer auf der nördlichen Halbkugel in der Arktis aufhält, im Herbst zur Antarktis fliegt, um dort auf der südlichen Halbkugel den Sommer zu verbringen. Sie ist befähigt, den zweimal 17.000 Kilometer langen Reiseweg zurückzulegen, indem sie ein Optimum an kosmischer Energie ausnutzt.

Diese Polarität hatte sich bei Moritz sehr intensiv manifestiert: Ihm wurde bei seinem Unfall ein sehr, sehr tiefer FALL auferlegt. Diese unendliche Tiefe jahrelang auszuhalten, hatte ein so enormes negatives Spannungspotenzial aufgebaut, das anschließend durch einen ebenso wirksamen positiven Pol abgelöst wurde. Meines Erachtens konnte Moritz so durch eine individuelle Ausrichtung auf diese universelle Realität die Kraft gewinnen, seinen Körper zu erlösen.

Es konnte sich Vollendung einstellen durch das ergänzende Zusammenwirken dreier Kräfte in gemeinsamer Zielrichtung: die Menschlichkeit anlässlich der christlichen Nächstenliebe in Liebenau, das uralte traditionelle Wissen der Chinesen und seine Einbindung in die kosmischen Kräfte.

Moritz' Körper war nun von seinem Zerrissensein erlöst. Seine Seele durfte nach Hause. Ich war wie bewusstlos. Die Erkenntnisse um seinen Tod werden mich ein Leben lang begleiten.

Nach der Todesnachricht war ich zunächst gefordert, die notwendigen Maßnahmen für seine Bestattung zu organisieren. Möglichst rasch bin ich nach Liebenau gefahren, um von Moritz Abschied zu nehmen. Wie ruhig lag er jetzt da in seinem Zimmer. Sein Gesicht vermittelte ausdrucksvoll einen vollkommenen Frieden. Ich hatte den Eindruck, auch bei geschlossenen Lidern wollen mir seine Augen sagen: „Vater, nun ist alles gut." Lange Zeit bin ich bei ihm verweilt, dann hat er mich entlassen. Zum letzten Mal kehrte ich mich zu ihm um, zum letzten Mal schloss ich die Tür seines Zimmers. Ich habe Abschied genommen vom ganzen Ambiente seiner Umgebung, welche an diesem Tag ganz anders gestaltet war – würdig, für Moritz. Jetzt war ich ein reduzierter Mensch, verarmt!

Das Kreuz hat Florian während seiner Schulzeit hergestellt

Es hat mich tief bewegt, wie betroffen die ganze St. Lukas-Klinik mir begegnet ist. Die Bewohner und Betreuer, der Chefarzt, die Verwaltung, alle zeigten so große Anteilnahme an meinem Leid. Sie hatten doch selbst den verloren, der ‚das Herz der Lukas-Klinik' war.

Als letzten Vaterdienst habe ich seinen Körper auf fast dem ganzen Weg von Liebenau zum Krematorium in Tuttlingen, wo die Einäscherung stattfand, begleitet. Die Urne von dort nach Spaichingen und hier bis zur Urnenwand zu bringen, war mir ein wichtiges Anliegen.

Ich wollt', mir wüchsen Flügel.

(Joseph Victor v. Scheffel)

Spaichingen im Juli 2008

In Liebe nehmen wir Abschied von unserem Sohn, Vater, Opa und Bruder mit allen Angehörigen

Moritz Class

* 07.09.1960 † 02.07.2008

Lydia und Dieter Class
Karin, Michael mit Nora-Lucia, Florian
Barbara und Friedrich mit Ann, Luan und Muriel
Margarete mit Helena
Theo und Silke mit Jakob und Judith
Eva und Wolfgang mit Franziska und Simon

Trauerfeier mit Urnenbestattung am Freitag, 11. Juli 2008 um 13.30 Uhr in Spaichingen, anschließend Requiem. Von Beileidsbezeigungen am Grabe bitten wir abzusehen.

Eine überaus große Trauergemeinde anlässlich der Bestattung von Moritz war das sichtbare Zeichen der Anteilnahme am Schicksal eines Menschen, der trotz seines kurzen Lebens Akzente gesetzt hatte, die zu denken geben.

Mit großem Einfühlungsvermögen hatte Diakon Dr. Engelbert Paulus den Trauergottesdienst gestaltet.
Hier einige Ausschnitte seiner Ausführungen:

Werte Trauergemeinde,
wir sind hier zusammengekommen, um Abschied zu nehmen von Moritz Class. Er ist uns in die Ewigkeit Gottes vorausgegangen.

Ich lade Sie ein, in Gemeinschaft mit der ganzen Kirche für Moritz Class zu beten:

Im Namen des Vaters und des Sohnes und des Heiligen Geistes.
Amen.

Der barmherzige und tröstende Gott sei mit euch. Und mit deinem Geiste.

In unserer Trauer, Wut und Betroffenheit wenden wir uns an Gott, um für Moritz Class und uns zu beten. Als Christen leben wir aus dem Glauben, dass Gott stärker ist als der Tod, weil er die Liebe ist. Er war bei ihm in den Lehr- und Wanderjahren, er war bei ihm ‚born to be wild'. Er war bei ihm, als er Verantwortung für Frau und Kinder übernahm. Er war bei ihm auf der Schwarzwaldhochstraße. Er war bei ihm bei der schier endlosen Odyssee der Suche nach einem Ort und Platz, an dem er sein und leben durfte. Er war bei ihm, als dieser Platz geschaffen wurde und er – das Herz der Lukas-Klinik – eine ganz neue und andere Erfüllung fand. Er war bei ihm, als er seiner großen Sehnsucht entsprach und ihm Flügel wachsen ließ.

Er lässt Moritz Class und später auch uns an der Auferstehung Jesu Christi teilhaben. Aus diesem Glauben schöpfen wir Trost und Zuversicht, und so rufen wir:

Herr Jesus Christus, du bist vom Vater gesandt, zu heilen, was verwundet ist.

Herr, erbarme dich unser.

Du bist gekommen, zu suchen und zu retten, was verloren ist.

Christus, erbarme dich unser.

Du bist zum Vater heimgekehrt, um uns bei Gott eine Wohnung zu bereiten.

Herr, erbarme dich unser.

Lasset uns beten:
Gütiger Vater aller Menschen, wir bitten dich für Moritz, dessen Leben lange Zeit durch Dunkelheit, Leid und Wut geführt hat. Befreie ihn von allem Leid, lass ihn aufsteigen zu seinem endlosen Flug in der grenzenlosen Weite des Himmels und führe ihn zu Glück und Freude in deinem Reich. Bereite du ihm ein ‚classisches Familienfest'. Gönne und schenke ihm, was seine Familie ihm mit den Worten von Joseph Victor von Scheffel zugesagt hat. Und erhalte den Glauben, der die Welt überwindet, und führe den Tag herauf, der alles Stückwerk vollendet.

Durch Christus, unsern Herrn.

Amen.

Liebe Angehörige!
Werte Trauergemeinde!
Einer seiner Freunde sagte zu Jesus: „Du hast Worte ewigen Lebens.“ So ein Wort habe ich Ihnen in dieser Stunde zu verkünden.

Lesung:

aus dem Buch Amos

Hört dieses Wort, das der Herr gesprochen hat
über euch, ihr Söhne Israels,
über den ganzen Stamm,
den ich aus Ägypten heraufgeführt habe.
Nur euch habe ich erwählt
aus allen Stämmen der Erde;
darum ziehe ich euch zur Rechenschaft
für alle eure Vergehen.
Gehen zwei den gleichen Weg,
ohne dass sie sich verabredet haben?
Brüllt der Löwe im Wald,
und er hat keine Beute?
Gibt der junge Löwe Laut in seinem Versteck,
ohne dass er einen Fang getan hat?
Fällt ein Vogel zur Erde,
wenn niemand nach ihm geworfen hat?
Springt die Klappfalle vom Boden auf,
wenn sie nichts gefangen hat?
Bläst in der Stadt jemand ins Horn,
ohne dass das Volk erschrickt?

Geschieht ein Unglück in einer Stadt,
ohne dass der Herr es bewirkt hat?
Nichts tut Gott, der Herr,
ohne dass er seinen Knechten, den Propheten,
zuvor seinen Ratschluss offenbart hat.
Der Löwe brüllt – wer fürchtet sich nicht?
Gott, der Herr, spricht
– wer wird da nicht zum Propheten?

(Amos 3, 1– 8)

Evangelium:
Aus dem heiligen Evangelium nach Matthäus

In jener Zeit
stieg Jesus in das Boot,
und seine Jünger folgten ihm.
Plötzlich brach auf dem See ein gewaltiger Sturm los,
sodass das Boot von den Wellen überflutet wurde.
Jesus aber schlief.
Da traten die Jünger zu ihm und weckten ihn;
sie riefen: Herr, rette uns, wir gehen zugrunde!
Er sagte zu ihnen:
Warum habt ihr solche Angst, ihr Kleingläubigen?
Dann stand er auf,
drohte den Winden
und dem See, und es trat völlige Stille ein.
Die Leute aber staunten
und sagten:
Was ist das für ein Mensch,
dass ihm sogar die Winde und der See gehorchen?

(Matthäus 8, 23 – 27)

Liebe Eltern,
liebe Geschwister,
liebe Söhne,
liebe Enkelin,
liebe Nichten und Neffen,
liebe Karin, liebe Angehörige,
liebe Verwandte,
liebe Freunde, Bekannte,
liebe Liebenauer,
werte Trauergemeinde,

als ich am Dienstagabend das Haus 15 in der Uhlandstraße verließ, war es eigenartig dunkel. Es lag weniger an der Uhrzeit, auch nicht an der Weg- und Straßenbeleuchtung. Es lag auch nicht an der Bemerkung von Herrn Class, der sagte, jetzt habe ich Ihnen eine ordentliche Hausaufgabe mitgegeben.
Es lag eher an der Sprachlosigkeit und Wut, die ich empfand, da ich hörte, wie hilflos Menschen sind und bleiben, die Hilfe suchen, abgespeist werden und keine Hilfe finden.
Noch mehr aber lag es an der staunenden Bewunderung für die Leistung, die die Familie, der Vater – der Ingenieur und Bergsteiger, der Drachenflieger und Tüftler – erbracht haben, als sie Don Quichotte gleich gegen Windmühlen angingen und Sisyphus gleich, nimmermüde den Stein ins Rollen brachten, bis sich letztlich nach etlichen Jahren eine Tür auftat, die allen, Moritz und seiner Familie, noch einmal gute Jahre bescherte. Angesichts dieser

aufs Äußerste geladenen Geschichte, diesem Drama in mehreren Akten, diesem Roman mit wenigstens drei Erzählsträngen, bin ich eigentlich sprachlos – und dennoch bislang recht beredt.
So wie Ihnen im Laufe der vergangenen Jahren immer wieder Kraft zuwuchs durch den Willen, über den Rochefort-Grat den Gipfel zu besteigen, den Pflegegipfel zu bezwingen. Sie, liebe Familie Clas, wollten nicht, dass Moritz aufgewühlt, aggressiv, ängstlich, verschreckt, verlassen weg- bzw. untergehen musste. Ähnlich der Jünger, die den im Heck des Schiffes schlafenden Jesus aufweckten, rüttelten Sie den Sozialstaat wach, nahmen Sie den eigenen und den Untergang Ihres Sohnes nicht einfach hin; Sie ließen nicht zu, dass er zum Spielball seiner Aggression und pflegerischer Härte werden musste; Sie ließen nicht zu, dass er und mit ihm viele Menschen, denen ein ähnliches Schicksal widerfahren ist, mit dem Stigma – nicht dazuzugehören – versehen, von der einen in die andere und wieder eine andere und wieder zurück Pflege geschoben wird, die nicht hilft, sondern möglichst schnell wieder los werden möchte. Aufgrund seiner Behinderung, seiner körperlichen und seelischen Defekte, passte er in keines der vorhandenen pflegerischen Schemata. Sie rüttelten wach, bewahrten sich, Ihre Familie und Ihren Sohn vorm Untergang und den Sozialstaat vorm pflegerischen Bankrott.
Jesus kritisierte den Kleinglauben seiner Jünger; mag sein, dass Sie immer wieder in den Jahren 1987 bis 1995 gezweifelt, gehadert haben, nicht mehr ein noch aus gewusst, resigniert und innerlich aufgegeben. Viel-

leicht standen Sie gelegentlich am Abgrund eines Berges, rechts und links fast senkrecht bergab und Sie selbst nur auf einem schmalen Grat. Vielleicht verspürten Sie wie die Jünger eine ähnlich lähmende Angst und konnten nur noch rütteln und wecken. Vielleicht zweifelten Sie auch immer wieder an Gott und fragten warum?

Und dann, als Sie wieder einmal bei einem der endlosen Treffen Betroffener ihre Sorge, ihre Not, ihre Situation, ihre Ausweglosigkeit und die Forderung nach einer adäquaten Pflege gepaart mit Menschlichkeit formulierten, saß einer an Ihrer Seite, hörend, versunken in Gedanken, von unscheinbarer Gestalt – der nicht nur hörte, sondern aufstand und sich dem Pflegedilemma entgegenstemmte, nicht in dem Kreis, sondern zu Hause, vor Ort. Und es hat den Anschein, er hat es dem Menschen gleich getan, von dem Antoine de Saint-Exupéry erzählt, dass er ein Schiff bauen wollte und nicht mit fertigen Plänen, Anweisungen, Materialien, sondern mit einer Idee, einer Sehnsucht, einer Vision – und dann Menschen, Partner, Helfer fand – und wenige Wochen später in die große Stiftung das kleine Pflänzchen Lukas-Klinik eingestiftet haben. Ab dem 20.6.1995 fand Moritz dort das, was seine Familie und allen voran sein Vater mit endlosen Telefonaten, weiten Wegstrecken, unzähligen Briefen, immer wiederkehrenden Versuchen suchte und letztlich erreicht hat: Eine intensive, fachgerechte Versorgung, die stets den Menschen in die Mitte stellt.

Das, was nicht zu ändern war, was letztlich – wie es bei Amos heißt – Gott gefügt hatte, bot Moritz, seiner Familie, seinen Freunden, der Stiftung unschätzbare Möglich-

keiten, das Leben zu gestalten, zu empfangen, zu leben – intensiv, herzlich, gelöst.
In Ihrer Todesanzeige zitieren Sie aus dem Frankenlied von Joseph Viktor von Scheffel den Wunsch des von den Bayern annektierten und beherrschten Franken: „Ich wollt' mir wüchsen Flügel", darunter ein Band mit vielen Wolken, Kumuluswolken, die eine gute Thermik und damit beste Aufstiegs- und Flugbedingungen verheißen.
Früher flogen Vater und Sohn gemeinsam mit den Drachen übers Primtal, über Spaichingen, übers Gebirge. Damals waren sie über Funk verbunden, am 2. Juli brach zwar die Verbindung mit dem Vater, der Pflegerin, den Menschen auf der Station ab, aber die Verbindung, der Draht zum Himmel führte, leitete den letzten Flug.
Ich habe wenig aus seinen wilden Jahren erzählt, nichts davon, dass er seine Schule abbrach, dass er Spielsachen auseinandernahm, um sie dann wieder zusammenzubauen, dass er ein begeisterter Motorradfahrer war, der nicht vor der Sahara zurückschreckte, der mit dem Vater viele Touren unternahm, der die Schule schmiss und tags drauf eine Lehre als Kfz-Mechaniker begann, der vor seiner Hochzeit sein Motorrad abmeldete, der ein begnadeter Drachenflieger war ... der drei Jahre nach der Hochzeit auf einem geliehenen Motorrad mit einem Freund über die Schwarzwaldhochstraße zu dessen Neubau im Rheintal fahren wollte.
All das wissen die meisten von Ihnen noch. Dass er nach dem Unfall, der uns am gnädigen Gott zweifeln lässt, wieder ins Leben fand und zu einem intensiven, erfüllten Leben fand und Zuwendung, Gemeinschaft, Mit-

einander erfahren durfte, macht sein Leben besonders. Und am 2. Juli ist er aufgeschwungen, wuchsen ihm Flügel, fiel das Schwere ab und er erhob sich in die aufgehende Sonne, den immerwährenden Morgen und das ewige Leben. Was Hanns Dieter Hüsch in folgende Worte fasste, das empfanden Sie; und das ist etwas ganz anderes als das, was wir nach langer Krankheit geneigt sind, zu sagen: er ist erlöst. Bei Hanns Dieter Hüsch heißt es:

Ich bin
vergnügt
erlöst
befreit
Gott nahm in seine Hände
Meine Zeit
Mein Fühlen Denken
Hören Sagen
Mein Triumphieren
Und Verzagen
Das Elend
Und die Zärtlichkeit

(Hanns Dieter Hüsch)

Gottes Liebe hat dein Leben durchdrungen.
Er ist dir Helfer, Beistand und Sinn.
Er ließ dich zweifeln, aufbrechen und wagen
und verhalf dir zur Freude.
Jetzt schenke er dir ewige Freude.

Gütiger Gott,
in deine Hände empfehlen wir den verstorbenen Moritz Class. Wir hoffen zuversichtlich, dass er bei Christus ist. Wir danken dir für alles Gute, mit dem du ihn in seinem irdischen Leben beschenkt hast. Vor allem aber danken wir für das Gute und Schöne, das wir durch den Verstorbenen erfahren durften.
Wir bitten dich, nimm ihn auf und gib ihm Wohnung und Heimat bei dir. Uns aber, die zurückbleiben, gib die Kraft, einander zu trösten und im Glauben zu stärken, bis wir alle vereint sind bei dir.
Durch Christus, unsern Herrn.

Amen.

Stilles Gedenken

In Stille denken wir an unseren Verstorbenen. Vieles ist und bleibt uns vertraut. Manches werden wir vergessen. Unser Herz aber sei und bleibe das Nest der Erinnerung.

Gebet:

Gott, ich glaube
dass du der Lebendige bist
und dass Moritz in deinem Schoße ruht

Ich will Moritz dir anvertrauen
will ihn nicht festhalten,
sondern loslassen
Ich vertraue darauf,
dass er bei dir glücklich ist

Ich will ihn
nicht fesseln an mein Leben
und nicht binden an diese Welt

Und ich will mich
nicht binden an ihn

Mach mich frei
für ein lebendiges Leben
in österlicher Freude

Und gib Moritz
alles Licht und alles Leben.

Amen.

(Anton Rotzetter)

Die Orgel wurde von Eva, der jüngsten Schwester von Moritz gespielt. Von Kindheit an waren die zwei aufs Engste miteinander verbunden. Trotz intensiver Behinderungen durch ihre Erkrankung an Multiple Sklerose wollte sie ihren Bruder auf diese Weise auf seinem letzten Weg begleiten.

Auch von der St. Lukas-Klinik war eine große Abordnung gekommen. Die Trauerrede war etwas so Beeindruckendes, dass alle tief ergriffen waren.

Liebe Familie Class,
liebe Kollegen,
sehr geehrte Trauergemeinde:

ich stehe hier als Stationsleiter der GBH 12, der Wohngruppe der St. Lukas-Klinik, in der unser Moritz Class 13 Jahre lang gelebt hat.
Wir hatten uns vor sieben Jahren erstmals getroffen, da war ich auf seiner Nachbargruppe. Ich weiß noch, wie sich damals die ersten Fragen ergaben: Was ist denn das für einer, der da auf seinem Thron sitzt, auf diesem Ehrfurcht gebietenden massiven Stuhl auf Rädern, der extra für ihn angefertigt wurde? Was ist denn das für einer, dem die Zigaretten zum Mund geführt werden, weil er sie selbst nicht halten kann?
Was ist denn das für einer, der trotz allem überall mit dabei ist – und der, so reglos, wie er in seinem Stuhl sitzt, eine Würde ausstrahlt und eine persönliche, in sich ruhende Kraft, die alle in seiner Nähe spüren und die keinen unberührt lässt?
Und so, Moritz, habe ich Dich kennen gelernt und von Deiner Geschichte erfahren. Nicht nur von Deinem Leben, bevor Du zu uns kamst – sondern auch, noch viel plastischer und drastischer, von Deinem Leben bei uns.
Ich habe erfahren, wie Du nach einer langen, schmerzhaften Odyssee zuletzt auf der Reichenau warst und wie

Dich im Jahre 1995 dort drei Mitarbeiter der St. Lukas-Klinik besucht haben – und so untragbar, wie Du dort warst, so sicher waren wir uns damals, dass wir Dich zu uns nehmen.
Ich habe erfahren, wie unnahbar und impulsiv Du lange Zeit warst – damals ging ein Spruch durch die Klinik, der hieß: „Den Moritz, den versorgen entweder vier Männer oder die Doris" – und zwar die Doris Bolz, die Dich damals aufgenommen hat auf ihre Station. Die Doris Bolz, bei der Du Dich letzte Woche, während ihrer Nachtwache, aus diesem Leben verabschiedet hast und von der ich Dich hier, an dieser Stelle, aus tiefstem Herzen grüßen soll.
Ich habe erfahren, wie wir es geschafft haben, einen Zugang zu Dir zu finden, eine Ebene auf gleicher Augenhöhe, um mit Dir in Kontakt zu kommen.
Wir haben unendlich viel Geduld aufgebracht – wir für Dich, und Du für uns.
Wir haben unglaublich viel Respekt aufgebracht – wir für Dich, und Du für uns.
Wir haben ehrliche Zuneigung gezeigt – wir für Dich, und Du für uns.
Und so haben wir Möglichkeiten gefunden, um mit Dir in Deiner Sprache über Deine Ängste und Nöte zu sprechen, über Deine Vorlieben und Wünsche, über Dein früheres Leben auf der Überholspur, sodass Du Dich angenommen und ernst genommen fühlen konntest.
Ein weiser Mann hat einmal gesagt: „Wer einen Fluss überquert, muss die eine Seite verlassen" – und irgendwann kam tatsächlich der Moment, in dem Du all die

Trauer, die Wut und die Verzweiflung hinter Dir gelassen hast, es kam der Moment, in dem Du Dich mit Deinem Schicksal ausgesöhnt hast. Das klingt so einfach, jetzt im Nachhinein – und war doch so furchtbar schwer.
Moritz: wir waren mit dabei.
Und wir erinnern uns an diese Momente mit Dir. Du konntest sie genießen, die Momente mit Pizza Cappriciosa, mit Bier und Marlboro beim Italiener. Die Wanderung mit uns und Deinem Vater durchs Donautal zu den Orten, an denen Du früher beim Klettern warst. Der Ausflug mit Motorrad im Seitenwagen. Der Urlaub im Vier-Sterne-Hotel mit Ausflug aufs Nebelhorn und zur Skiflugschanze in Oberstdorf. Die Motorradfilme, die Hefeweizen und die Benzingeschichten. Und wir erinnern uns daran, wie Du in der Badewanne liegen konntest und zu Eric Claptons ‚Tears in Heaven' geweint hast, dass kein Mitarbeiterauge trocken blieb.
Und ungeachtet aller Veränderungen in Deinem Leben, Moritz, gab es doch ein paar Dinge, die gleich geblieben sind, über all die Jahre hinweg:
Dein beinahe schon sprichwörtliches Einfühlungsvermögen, mit dem Du erkannt hast, wenn es einem von uns nicht gut ging und wie Du mit Deinen wenigen Möglichkeiten Verständnis gezeigt und Unterstützung angeboten hast. Dabei warst Du immer ein liebenswertes Schlitzohr, und Dir saß ständig der Schalk im Nacken.
Oh, und Du warst ein Charmeur mit vollendeten Manieren. Wer einmal gesehen hat, wie Du neue Mitarbeiterinnen angelächelt hast, wie Deine Augen strahlten, wenn sie Dir vorgestellt wurden und wie Du sachte ihre Hand

genommen und behutsam geküsst hast – wer das jemals gesehen hat, dem bleiben diese Szenen in Erinnerung. Ich habe auch von Deiner Verbindung zu Deinen Eltern erfahren. Davon, wie Du Deine Mutter umarmt hast, die Dir immer Kuchen mitgebracht hat – und von Deiner Beziehung zu Deinem Vater. Kein Berg war Euch damals zu hoch, kein Abgrund zu tief, kein Grat zu schmal, auf dem Ihr gemeinsam gewandert seid. Und wir haben auch Sie kennen gelernt, Herr Class – und Ihre Beziehung zu Ihrem Sohn, die nach seinem Unfall noch intensiver war als je zuvor und die genauso einzigartig war wie Ihre Beziehung zu jedem einzelnen Mitarbeiter der St. Lukas-Klinik – wenn ich versuchen wollte, den Respekt und die Wertschätzung zu schildern, mit der Sie uns und unserer Arbeit entgegengetreten sind, würde das den Rahmen dieser Rede sprengen.
Und überhaupt – Respekt. Ich denke, dass jeder der hier Anwesenden weiß, wie wichtig Achtung und Respekt im Umgang mit anderen Menschen sind. Aber was es heißt, die Würde eines Menschen zu wahren, der bei wirklich jeder weiß-Gott-wie-selbstverständlichen Handlung des täglichen Lebens auf fremde Hilfe angewiesen ist – was das bedeutet, das hast Du uns gelehrt.

Jedem Einzelnen. Jeden Tag. Dafür, Moritz, vielen Dank. Du hast uns vor Augen geführt, wie schnell unser ach so normales und selbstverständliches Leben von einer Sekunde auf die nächste plötzlich vorbei sein kann. – Aus, Schluss und nie mehr so wie früher.

Und wie dankbar wir stattdessen für so genannte Kleinigkeiten sein sollen.
Jeder Einzelne. Jeden Tag.
Auch dafür, Moritz, vielen Dank.
Du hast uns gezeigt, wie ein optimistisches Lebensbild und ein gesundes Gottvertrauen auch im schwärzesten Tal Licht ins Dunkel bringen können.
Jedem Einzelnen. Jeden Tag.
Denn die Hoffnung ist der Regenbogen über dem herabstürzenden Bach des Lebens.
Dafür, Moritz, vielen Dank.
Der Weg, den Du hinter Dir hast, war hart und steinig.
Nie ist ihn einer so gegangen, wie Du ihn gegangen bist.
Es war Dein Weg.
Den Weg, den Du vor Dir hast, kennt keiner.
Nie ist ihn einer so gegangen, wie Du ihn gehen wirst.
Es ist Dein Weg.
Und jetzt, wo selbst der Abschied seinem Ende naht, denke ich an einen weiteren weisen Satz, der ohne jeden Zweifel für Dich geschrieben wurde:

Das Schönste, was ein Mensch hinterlassen kann, ist ein Lächeln im Gesicht derjenigen, die an ihn denken.

Wir alle, die Dich kannten, Moritz, wissen, was das heißt.
Wir sind bei Dir. Und Du bei uns.

Danke.

Herr Dötze, der Stationsleiter, begleitete mit diesen außergewöhnlichen Worten das Abschiednehmen von einem außergewöhnlichen Menschen. Jeder Teilnehmer der Trauerfeier war zunächst sprachlos, war noch lange Zeit mit dem Verdauen eines außergewöhnlichen Geschehens beschäftigt.

Ein langer Zug von Trauergästen begleitete dann die Urne mit der Asche von Moritz, begleitete seine Familie und Freunde auf dem Weg von der Leichenhalle zum Friedhof. Hier übergab Diakon Dr. Paulus in einer schlichten Feier die Urne in eine ebenso schlichte Kammer in der Urnenwand, wo die sterblichen Reste von Moritz nun in FRIEDEN ruhen dürfen:

Da wir auf Erden keine bleibende Stätte haben, geleiten wir nun die Urne mit der Asche unseres Verstorbenen zu Grabe in der Hoffnung auf Gott, der die Toten zum Leben erweckt.

Herr, unser Gott, dein sind wir im Leben und im Tod.

Wir bitten dich: Segne diese Kammer und führe Moritz Class zur Auferstehung und zum ewigen Leben. Uns aber stärke im Glauben an das Leben mit Jesus Christus, den du von den Toten auferweckt hast.

Wir übergeben die Urne dem Vergehen, das, was der Erde gehört, der Erde. Der Herr aber wird dich auferwecken.

Erde:

Alles, was zerfällt, gehört
der Erde

Doch alles, was uns lieb ist,
dem Himmel

Nimm
Erde
den Staub

Nimm
Himmel
Moritz Class

(Anton Rotzetter)

Im Kreuz unseres Herrn Jesus Christus ist Auferstehung und Heil.
Der Friede sei mit dir.

Moritz Class ist im Tod Jesus gleich geworden. Gott hat Jesus von den Toten auferweckt. In der Hoffnung, dass er auch unseren Verstorbenen Moritz Class von den Toten auferweckt, bekennen wir nun unseren Glauben:
Ich glaube an Gott, ...

Zum Schluss unserer Feier empfehlen wir unseren verstorbenen Bruder Moritz Class und uns selbst Maria, der Mutter unseres Herrn:

Gegrüßet seist du, Maria, ...

Herr, gib ihm und allen Verstorbenen das ewige Leben.

Und das ewige Licht leuchte ihnen.

Lass sie leben in deinem Frieden.

Amen.

Immer wieder habe ich meinen und unseren Glauben anklingen lassen: Moritz lebt – er hatte nicht nur an Jesus Leid und Tod, sondern mehr noch an seiner Auferstehung teilgenommen. So feiern wir in dieser Gewissheit im anschließenden Requiem den Dank für ihn und die Freude über seine Auferstehung und seinen Himmelflug.

Es segne und behüte euch der heilige und barmherzige Gott, der Vater und der Sohn und der Heilige Geist.

Amen.

Gehet hin in Frieden.

Die Trauerfeier war vorbei. Die Trauergäste sind noch am Freitagabend, mein Bruder am Samstagmorgen abgereist. Am Sonntag fand dann nicht mehr der obligatorische Besuch in Liebenau statt. Einige Erledigungen waren noch zu tätigen und dann begann der Alltag wieder.

Doch alles war ganz anders. Es war irgendwie wie in einer imaginären Welt. Alles Wahrgenommene war existent und doch nicht real. Die Verbindung zu Moritz war viel intensiver als zu seinen Lebzeiten. Die Spannung – er im Jenseits, wir hier im Diesseits – bewirkte, dass alles Körperliche mit reduzierter Aufmerksamkeit ablief, mechanisch, mehr oder weniger im Unterbewusstsein.

Zum Beispiel hatte ich ein paar Tage später etwas im circa 15 Kilometer entfernten Tuttlingen zu erledigen. Als Verkehrsmittel hatte ich mein Fahrrad benutzt und in einer Ortschaft vollkommen gedankenlos einem Auto die Vorfahrt genommen. Der Aufprall war heftig und sehr schmerzhaft. Natürlich erwachte der Körper, der Geist war aber noch weit weg. Etwas später zeichnete sich schönes Wetter ab und ich unternahm eine ausgedehnte Wanderung – ich wollte zu mir finden. Trotz der Schmerzen war ich sechs Stunden auf den Beinen, machte im Schatten einer Linde auf einer Bank eine ausgedehnte Rast, marschierte bergauf, bergab, auf Wegen durch Wiesen und weglos durch Wälder, immer der Sonne entgegen, Richtung Südosten. Allmählich kehrte eine Ruhe in mir ein. Ich verspürte immer deutlicher, dass ich gar nicht allein war. Ich hatte das intensive Empfinden, Moritz sei bei mir. Er begleitete mich den ganzen Tag und vermittelte, nun sei er im Angesicht Gottes angekommen. Er war jetzt viel näher bei mir als jemals. Diese Zweisamkeit mit Moritz war für mich das Schönste, was ich je erleben konnte. Es war für mich wie ein besonders feierlicher Gottesdienst. Er hatte mir an diesem Tag so unendlich viel geschenkt. Herzlichen Dank, mein lieber Sohn!

Die Ankunft im Kloster Beuron war für mich wie eine Ernüchterung, als ich wahrnahm, wie pompös das Menschenbauwerk war. Am Abend besuchte ich in Spaichingen ein Glaubensseminar. Im Gespräch war auch die eindrucksvolle Trauerfeier. Ich erwähnte dann den Widerspruch, dass die Diözese Rottenburg im juristischen Clinch mit der Stiftung Liebenau liegt, welche ihren Wahlspruch ‚In unserer Mitte – der Mensch' nicht nur predigt, sondern konsequent praktiziert und damit unendlich viel Menschlichkeit vermittelt. Im Fall Moritz war es letztendlich die einzige Einrichtung, mit der wir zufrieden sein konnten und die etwas zustande gebracht hatte. Der von jemandem ausgesprochene Verdacht: „Vielleicht mangelt es an Religiosität?", brachte mich innerlich in Rage. Kann Religion noch intensiver praktiziert werden als in Liebenau? Hier ist nicht die äußere Form das Merkmal, sondern die an allen Ecken und Enden sicht- und spürbare Liebe, welche das Wahrzeichen des Christentums sein sollte.

Für meine Frau und mich war der Besuch in Liebenau und das Erleben des dortigen Geistes jeweils ein so tiefes und beeindruckendes Erlebnis, das wir in Zukunft vermissen werden.

EPILOG

Wir fühlen uns veranlasst, alles zu hinterfragen. Wir versuchen, von jedem Geschehen den Sinn zu erfahren.

Was ist das Gemeinsame am Sinn der Episoden am Rochefort-Grat und von Moritz' Schicksal?

Damals im Hochgebirge war ganz deutlich eine göttliche Führung zu erkennen. Das erste Mal, als Moritz persönlich dabei war, wurden wir vor übermächtigen Naturgewalten beschützt. Beim zweiten Mal wurde die Vater-Sohn-Beziehung ganz wesentlich vertieft. Das dritte Mal ließ mich mein weiteres Aufgabenfeld erkennen und hat mir Kraft vermittelt – für ihn.

Den Auslöser des Unfalls kennen wir nicht, umso mehr dessen Folgen, welche tiefste Tiefen berühren. WOZU?

Der erwähnte Tierarzt, welcher als Geistheiler Moritz von seinen Halluzinationen befreit hatte, erwähnte unter anderem, dass „Moritz sich geopfert hätte".

Ein Auszug aus dem Kondolenzschreiben der zuständigen Psychologin der St. Lukas-Klinik stellt folgende Betrachtungsweise dar:

„Ihr Sohn hat Spuren hinterlassen. Er hat Menschen berührt und sie dazu verleitet, über sich hinauszuwachsen. Wer Ihren Sohn kennen lernte, lernte auch sich selbst kennen.

Aus der tief bewegten Reaktion vieler Kollegen, als sie hörten, dass Moritz gestorben war, wurde mir noch einmal vor Augen geführt, welch tiefer Sinn in der Betreuung von Moritz lag. Dies hatte eine spirituelle, eine göttliche Dimension.

Moritz hat lange Zeit mit seinem Schicksal gehadert, dagegen gewütet und unsäglich gelitten. Hin und her gerissen zwischen Resignation und Zorn lernte er, sein Schicksal zu ertragen, es hinzunehmen und sich damit auszusöhnen. Die letzten Jahre seines Lebens trat sein Humor in den Vordergrund. Ihn diesen Weg gehen zu sehen, war für uns alle vorbildlich."

Bei der Trauerfeier hatte Dr. Paulus Texte verwendet aus dem Buch Amos aus dem Alten Testament und vom Matthäus-Evangelium. Sehr sinnreich können wir hier die christliche Perspektive unsres hiesigen Daseins vernehmen.

Ich als sein Vater habe Moritz lange vor seiner Geburt bis einige Zeit nach seinem Tod begleitet. Das war nicht nur allgemein biologisch, nicht nur eine Kameradschaft bei unseren gemeinsamen Unternehmungen, bei denen wir aus großen Höhen so manchen Tief- und Weitblick erleben durften. Durch den Unfall bedingt, war ich für eine weitaus größere Fürsorge für einen Menschen veranlasst, als dies im Allgemeinen erforderlich ist. Ich wurde damit betraut, nicht nur die christliche Aufgabe der Liebe in dieser Angelegenheit besonders zu erfüllen, sondern auch befähigt, letztendlich ihn bei seiner geistigen ‚Umpolung' zu unterstützen.

Für das Großartige, das ich dabei erfahren durfte, bin ich überaus dankbar.

Es ist schön und beruhigend, sich geborgen zu fühlen, zu wissen, dass auch das größte Opfer nicht sinnlos ist, sondern Weiterentwicklung bewirken wird.